Andrew Lang, Charles Perrault

Perrault's Popular Tales

Edited From the Original Editions

Andrew Lang, Charles Perrault

Perrault's Popular Tales
Edited From the Original Editions

ISBN/EAN: 9783744695046

Printed in Europe, USA, Canada, Australia, Japan

Cover: Foto ©Andreas Hilbeck / pixelio.de

More available books at **www.hansebooks.com**

PERRAULT'S

POPULAR TALES

EDITED

*FROM THE ORIGINAL EDITIONS, WITH
INTRODUCTION, &c.*

BY

ANDREW LANG, M.A.

LATE FELLOW OF MERTON COLLEGE

Oxford

AT THE CLARENDON PRESS

M DCCC LXXXVIII

PREFACE.

THIS edition of the stories of Perrault *is intended partly as an introduction to the study of Popular Tales in general. The text of the prose has been collated by* M. Alfred Bauer *with that of the first edition (Paris,* 1697), *a book which probably cannot be found in England. I have to thank* M. Bauer *for the kind and minute care he has bestowed on his task. We have tried to restore the original text of* 1697, *with its spelling, punctuation, use of capital letters, and so forth. One might have compared the text of* Perrault's *prose tales, as published in a book in* 1697, *with their original form in* Moetjens's Recueil *or* Magazine. *Unluckily the British Museum only possesses the earlier volumes of the Recueil, in which the less important stories, those in verse, were first published. The Text of the tales in Verse has been collated, by myself and* Mrs. Ogilby, *with that of the Recueil. The Paris editions of* 1694 *and* 1695 *I have never seen. In his 'Contes en Prose de Charles Perrault' (Jouaust, Paris,* 1876), M. Paul Lacroix *published the more important readings in which the Recueil differed from the ultimate text. The changes shew good taste on the part of* Perrault: *one or two tedious gallantries, out of keeping with the stories, were removed by him.*

Two of the most useful books that have been read by me in preparing this edition are M. André Lefèvre's *edition of the Contes, with his bibliographical and other notes, and the 'Contes de Ma Mère L'Oye avant Charles Perrault,' by the late* M. Charles Deulin. *I have also read, I think, most of the modern editions of the Contes which offer any fresh criticism or information, and acknowledgments will be found in the proper place.*

The Introduction contains a brief sketch of Perrault, *and of the circumstances in which his tales were composed and published. Each prose story has also been made the subject of a special comparative research; its wanderings and changes of form have been observed, and it is hoped that this part of the work may be serviceable to students of Folk Lore and Mythology.*

In this little book, as in all researches into tradition, I have received much aid from the writings and from the kind suggestions of M. Henri Gaidoz, *and from the knowledge and experience of* Mr. Alfred Nutt. *It is almost superfluous to add that without the industry of such students as* Herr Reinhold Köhler, M. Paul Sébillot, Mr. Ralston, M. Cosquin, *and very many others, these studies of story could never have been produced.*

A. L.

INTRODUCTION.

CHARLES PERRAULT.[1]

IN Eisen's portrait of Charles Perrault, the medallion which holds the good-natured face under the large *perruque* is being wreathed with flowers by children. Though they do not, for the most part, know the name of their benefactor, it is children who keep green the memory of Perrault, of the author of *Puss in Boots* and *Bluebeard*. He flies for ever *vivu' per ora virum*, borne on the wings of the fabulous Goose, *notre Mère L'Oye*. He looked, no doubt, for no such immortality, and, if he ever thought of posthumous fame, relied on his elaborate *Parallèle des Anciens et des Modernes* (4 vols. Paris, 1688–96). But fate decided differently, and he who kept open the Tuileries gardens in the interests of children for ever, owes the best of his renown to a book in the composition of which he was aided by a child.

Though a man of unimpeached respectability of conduct, Charles Perrault was a born Irregular. He was a truant from school, a deserter of the Bar, an architect without professional training, a man of letters by inclination, a rebel against the tyranny of the classics, and immortal by a kind of accident.

He did many things well, above all the things that he

had not been taught to do, and he did best of all the thing which nobody expected him to have done. A vivid, genial and indomitable character and humour made him one of the best-liked men of his age, and better re-membered than people with far higher contemporary reputation than his own.

Charles Perrault, as he tells us in his *Mémoires* (1769, Patte, Paris; 1 vol. in 12), was born at Paris, on January 12, 1628. At the age of nine he was sent to the Collége de Beauvais, and was aided in his studies by his father, at home. He was always at the head of his form, after leaving the Sixth (the lowest) which he entered before he had quite learned to read. He was not a prodigy of precocious instruction, happily for himself. He preferred exercises in verse, and excelled in these, though the gods had not made him poetical. In the class of Philosophy he was deeply interested, wrangling with his teacher, and maintaining, characteristically, that his arguments were better than the stock themes, 'because they were new.' Thus the rebel against the Ancients raised his banner at school, where one recruit flocked to it, a boy called Beaurin. Young Perrault and his friend took a formal farewell of their master, and solemnly seceded to the garden of the Luxembourg, where they contrived a plan of study for themselves. For three or four years they read together as chance or taste directed: this course had not in it the making of a scholar.

Perrault's first literary effort was a burlesque of the Sixth book of the Æneid, a thing rather too sacred for parody in Scarron's manner. His brother the doctor took a hand in this labour, and Perrault says 'the MS. is on the shelf where there are no books but those written by members of the Family.' The funniest thing was held to be the couplet on the charioteer Tydacus, in the shades,

> Qui, tenant l'ombre d'une brosse,
> Nettoyait l'ombre d'un carrosse.

Perrault, as a young man, was moderately interested in the fashionable controversy about Grace, *pouvoir prochain et pouvoir éloigné*, and the jargon of the quarrel between Port Royal and the Jesuits. His brother, a doctor of the Sorbonne, explained the question, 'and we saw there was nothing in it to justify the noise it made.' He persuaded himself, however, that this little conference was the occasion of the *Lettres Provinciales*. The new Editor will doubtless deal with this pretension when he comes to publish Pascal's Life in the series of *Grands Écrivains de la France*. Unlike Perrault, Pascal thought 'que le sujet des disputes de Sorbonne étoit bien important et d'une extrême conséquence pour la religion.'

The first of the Provincial Letters is dated January 23, 1656. Charles Perrault was now twenty-eight. In 1651 he had taken his *licences* at Orleans, where degrees were granted with scandalous readiness. Perrault and his friends wakened the learned doctors in the night, returned ridiculous answers to their questions, chinked their money in their bags,—and passed. The same month they were all admitted to the Bar. His legal reading was speculative, and he proposed the idea of codifying the various customs ; but the task waited for Napoleon. Wearying of the Bar he accepted a place under his brother, Receiver-General of Paris. In this occupation he remained from 1654 to 1664. He had plenty of leisure for study, his brother had bought an excellent library, and Perrault speaks of 'le plaisir que j'eus de me voir au milieu de tant de bons livres.' He made verses, which were handed about and attributed to Quinault. That poet, getting a copy from Perrault, permitted a young lady whom he was courting to think they were his own. Perrault claimed them, and 'M. Quinault se trouvait un peu embarrassé.' However, when Quinault said that a lady was in the case, the plagiary was forgiven. Perrault afterwards wrote a defence of his *Alceste*. A trifling piece which Perrault composed on this little affair pleased Fouquet, who had it copied on vellum, with miniatures and gilt capitals.

In 1657 Perrault directed the construction of a house for his brother. The skill and taste he shewed induced Colbert to make him his subaltern in the superintendence of the Royal buildings, in 1663. A vision of a completed Louvre, and of 'obelisks, pyramids, triumphal arches, and mausoleums,' floated before the mind of Colbert. Then there would be *fêtes* and masquerades to describe, and as Chapelain recommended Perrault, who was already the author of some loyal odes, (such as the wise write about Jubilee times,) he finally received an elegant appointment, with 500, later 1000 *livres* a year. This he enjoyed till 1683. A little Academy of Medals and Inscriptions grew into existence : Perrault edited panegyrics on the king, and made designs for Gobelin tapestries.

Perrault's next feat was the suggestion of the peristyle of the Louvre, introduced into the design of his brother

Claude, the architect. After the Chevalier Bernini had been summoned from Rome to finish the Louvre, and had been treated with sumptuous hospitality, a variety of disputes and difficulties arose, and, by merit or favour, the plan of Perrault's brother, Claude, by profession a physician, was chosen and executed. People said ' que l'architecture devoit être bien malade, puisqu'on la mettait entre les mains des médecins.'

' M. Colbert asked me for news of the Academy, supposing that I was a member. I told him that I could not satisfy him, as I had not the honour of belonging to that company. He seemed surprised, and said I ought to be admitted. " 'Tis a set of men for whom the king has a great regard, and as business prevents me from often attending their councils, I should be glad to hear from you what passes. You should stand at the next vacancy." ' So writes Perrault, and he did become a candidate for Immortality. But a lady had begged the next place for an Abbé, and next time, a doctor had secured it for a *curé.* Finally, the Academy elected Perrault, he says, without any canvass on his part. Perrault introduced election for the Academy by ballot, and he himself invented and provided a little balloting machine, which he does not describe. One day when the King was being publicly rubbed down after a game at tennis, an Academician prayed that the Academy might be allowed to read addresses to his Majesty. The King, who had probably given some courtier the side walls and a beating, graciously permitted the Academy to add its voice to the chorus of flattery. Perrault now disported himself among harangues, the new Versailles fountains, grottoes, arches of triumph, and royal devices, his brother executing his designs. They were sunny years, and Le Roi Soleil beamed upon the house of Perrault. But a dispute between his brother, the receiver of taxes, and Colbert caused a coolness between Charles Perrault and the Minister. M. Perrault also married a young lady to please himself, not to please Colbert. But, before leaving the service of the Minister, the good Perrault had succeeded in saving the Tuileries gardens for the people of Paris, and for the children, when it was proposed to reserve them to the Royal use. 'I am persuaded,' he said, 'that the gardens of Kings are made so great and spacious that all their children may walk in them.' We owe Perrault less gratitude for aiding Lulli, who obtained the monopoly of Opera, a privilege adverse to the interests of Molière. If Perrault thought at all of the interests of Molière, he probably remembered that his own brother was a physician, and that physicians were Molière's favourite butts. 'Il ne devait pas tourner en ridicule les bons Médecins, que l'Ecriture nous enjoint d'honorer,' says Perrault in his *Eloges des Hommes Illustres* (1696–1700). Molière's own influence with the king corrected the influence of Lulli, and he obtained the right to give musical pieces, in spite of Lulli's privilege, but he did not live long to enjoy it [1].

Ten years afterwards Colbert became *si difficile et si chagrin*, that Perrault withdrew quietly from his service. He had been employed in public functions for twenty

[1] *Registre de La Grange*, p. 11.

years (1663–1683), he was over fifty, and he needed
rest. Louvois excluded him on the death of Colbert from
the *petite Académie.* He devoted himself to the education of his children, who were 'day-boarders' at the
colleges, and returned at night to the paternal house in
the Faubourg St. Jacques. 'Les mœurs ne sont pas en
si grande sûreté' at a public school, Perrault thought.
In 1686 he published his 'Saint Paulin Evesque de Nole,
avec une Epistre Chrestienne sur la Penitence, et une Ode
aux Nouveaux Convertis.' (Paris, J. R. Coignard.) It
is dedicated to Bossuet, in a letter, and Perrault trusts
that great poets will follow his example, and write on
sacred subjects. Happily his example was not followed,
la raillerie et l'amour possessing stronger attractions for
minstrels, as Perrault complains. He throws his stone
at Comedy, which Bossuet notably disliked and condemned. But this did not prevent Perrault, seven years
later, from writing little comedies of his own. *Saint-
Paulin* is prettily illustrated with vignettes on copper after
Sebastien le Clerc, vignettes much better than those which
hardly decorate *Histoires ou Contes du Tems passé.* An
angel appearing to Saint Paulin in gardens exactly like the
parterres of Versailles is particularly splendid and distin-
guished. As for the poem, 'qui eut assez de succès
malgré les critiques de quelques personnes d'esprit,' the
story is not badly told, for the legend of the Bishop has
a good deal of the air of a *conte,* reclaimed for sacred
purposes. The *Ode aux Nouveaux Convertis* is not
a success. Perrault comparing Reason to Faith, says that
Reason makes the glories beheld by Faith disappear, as

the Sun scatters the stars. This was an injudicious ad-
mission. The *Saint Paulin* may be bought for two or
three francs, while the *Histoires ou Contes*, when last sold
by public auction in the original edition (Nodier's copy, at
the Hamilton Sale, May 1884), fetched £85. It is a
commercial but not inaccurate test of merit.

Perrault's *Mémoires* end just where they begin to be
interesting. He tells us how he read his poem *Le Siècle
de Louis XIV*, to the Academy, how angrily Boileau
declared that the poem was an insult to the great men
of times past, how Huet took Perrault's side, how Boileau
wrote epigrams against him, how Racine pretended not to
think him in earnest, and how he defended himself in
Le Parallèle des Anciens et des Modernes. Here close
the Memoirs, and the hero of the great Battle of the
Books leaves its tale untold.

The quarrel is too old and too futile to require a long
history. Perrault's remarks on Homer, the cause of the
war, merely show that Perrault was quite out of sympathy
with the heroic age and with heroic song. He avers
that, if a favourable Heaven had permitted Homer to be
born under Louis XIV, Homer would have been a much
better poet.

> 'Cent défauts qu'on impute au siècle où tu naquis
> Ne profaneroient pas tes ouvrages exquis[1].'

Men of letters who were men of sense would have
smiled and let Perrault perorate. But men of letters are
rarely men of sense, and dearly love a brawl. M. E. de Goncourt once complained that M. Paul de St. Victor looked

---

[1] 'Exquis' is good.

at him 'like a stuffed bird,' because M. de Goncourt declared that Providence had created antiquity to prevent pedagogues from starving. Boileau was not less indignant with Perrault, who, by the way, in his poem had damned Molière with faint praise, and had not praised La Fontaine, Racine, and Boileau at all. The quarrel 'thundered in and out the shadowy skirts' of Literature for ten years. Boileau turned and rent the architect-physician Claude Perrault in his *Art Poétique.* But Boileau, stimulated by Conti, who wrote on his *fauteuil,* '*tu dors, Brutus,*' chiefly thundered in his *Réflexions Critiques* on Longinus (1694). 'He makes four errors, out of ignorance of Greek, and a fifth out of ignorance of Latin,' is an example of Boileau's amenities. Why Boileau should have written at such length and so angrily on *un livre que personne ne lit,* he does not explain. Perrault kept his temper, Boileau displayed his learning. Arnauld had the credit of making a personal peace between the foes. Boileau suppressed some of his satirical lines (Satire X. line 459), and we now read them only in the foot-notes. Boileau's letter to Arnauld, in which he expresses his willingness even to read *Saint Paulin* for the sake of a peaceful life, is not unamusing. 'Faut-il lire tout *Saint Paulin?* Vous n'avez qu'à dire: rien ne me sera difficile ' (June 1694). Meanwhile Perrault, in his comedy *L'Oublieux,* was mocking people who think it a fine thing 'to publish old books with a great many notes[1].' But

---

[1] *L'Oublieux* was written in 1691. It was printed from the MS. by M. Hippolyte Lucas. *Académie des Bibliophiles,* Paris, 1868.

Perrault himself was about to win his own fame by publishing versions of old traditional Fairy Tales.

The following essay traces the history and bibliography of these Tales. Perrault's last years were occupied with his large illustrated book, *Eloges des Hommes Illustres du Siècle de Louis XIV* (2 vols. in folio. 102 portraits.) He died on May 16, 1703. His fair enemy in the bookish battle, Madame Dacier, says '*il étoit plein de iété, de probité, de vertu, poli, modeste, officieux, fidèle à tous les devoirs qu'exigent les liaisons naturelles et acquises; et, dans un poste considérable auprès d'un des plus grands ministres que la France ait eus et qui l'honoroit de sa confiance, il ne s'est jamais servi de sa faveur pour sa fortune particulière, et il l'a toujours employée pour ses amis.*'

Charles Perrault was a good man, a good father, a good Christian, and a good fellow. He was astonishingly clever and versatile in little things, honest, courteous, and witty, and an undaunted amateur. The little thing in which he excelled most was telling fairy tales. Every generation listens in its turn to this old family friend of all the world. No nation owes him so much as we of England, who, south of the Scottish, and east of the Welsh marches, have scarce any popular tales of our own save Jack the Giant Killer, and who have given the full fairy citizenship to Perrault's *Petit Poucet* and *La Barbe Bleue.*

PERRAULT'S POPULAR TALES.

'Madame Coulanges, who is with me till to-morrow, was good enough to tell us some of the stories that they amuse the ladies with at Versailles. They call this *mi-tonner*, so she *mitonned* us, and spoke to us about a Green Island, where a Princess was brought up, as bright as the day! The Fairies were her companions, and the Prince of Pleasure was her lover, and they both came to the King's court, one day, in a ball of glass. The story lasted a good hour, and I spare you much of it, the rather as this Green Isle is in the midst of Ocean, not in the Mediterranean, where M. de Grignan might be pleased to hear of its discovery.'

So Madame de Sévigné writes to her daughter, on the 6th of August, 1676.

The letter proves that fairy tales or *contes* had come to Court, and were in fashion, twenty years before Charles Perrault published his *Contes de Ma Mère l'Oye*, our 'Mother Goose's Tales.' The apparition of the simple traditional stories at Versailles must have resembled the arrival of the Goose Girl, in her shabby raiment, at the King's Palace[1]. The stories came in their rustic weeds, they wandered out of the cabins of the charcoal burners, out of the farmers' cottages, and, after many adventures, reached that enchanted castle of Versailles. There the courtiers welcomed them gladly, recognised the truant girls

---

[1] Grimm, *Kinder- und Hausmärchen*. No. 89.

b

and boys of the Fairy world as princes and princesses, and arrayed them in the splendour of Cinderella's sisters, 'mon habit de velours rouge, et ma garniture d'Angleterre ; mon manteau à fleurs d'or et ma barrière de diamans qui n'est pas des plus indifférentes.' The legends of the country folk, which had been as simple and rude as *Peau d'Ane* in her scullion's disguise, shone forth like *Peau d'Ane* herself, when she wore her fairy garments, embroidered with the sun and moon in thread of gold and silver. We can see, from Madame de Sévigné's letter, that the *Märchen* had been decked out in Court dress, in train and feathers, as early as 1676. When the Princess of the Green Isle, and the Prince of Pleasures alighted from their flying ball of crystal, in Madame Coulanges' tale, every one cried, ' Cybele is descending among us ! ' Cybele is remote enough from the world of faery, and the whole story, like the stories afterwards published by Madame d'Aulnoy, must have been a highly decorated and scarcely recognisable variant of some old tradition.

How did the Fairy-tales get presented at Court, and thence win their way, thanks to Perrault, into the classical literature of France ? Probably they were welcomed partly in that spirit of sham simplicity, which moved Louis XIV and his nobles and ladies to appear in Ballets as shepherds and shepherdesses[1]. In later days the witty maidens of Saint Cyr became aweary of sermons on *la simplicité*. They used to say, by way of raillery, ' par simplicité je prends la meilleure place,' ' par sim-

---

[1] *Ballet des Arts, dansé par sa Majesté; le* 8 *Janvier,* 1663. A Paris. Par Robert Ballard. M.DC.LXIII.

plicité je vais me louer,' 'par simplicité je veux ce qu'il y a de plus loin de moi sur une table.' This, as Madame de Maintenon remarked, was 'laughing at serious things,' at sweet simplicity, which first brought Fairy Tales to the Œil de Bœuf[1]. Mlle. L'Heritier in *Bigarrures Ingénieuses* (p. 237) expressly says, 'Les Romances modernes tâchent d'imiter la simplicité des Romances antiques.' It is curious that Madame de Maintenon did not find this simplicity simple enough for her pupils at St. Cyr. On the 4th of March, 1700, when the fashion for fairy tales was at its height, she wrote to the Comte d'Ayen on the subject of harmless literature for *demoiselles*, and asked him to procure something, 'mais non des contes de fées ou de *Peau d'Ane*, car je n'en veux point[2].'

Indeed it is very probable that weariness of the long novels and pompous plays of the age of Louis XIV made people find a real charm in the stories of *Cendrillon*, and *La Belle au Bois Dormant*. For some reason, however, the stories (as current in France) existed only by word of mouth, and in oral narrative, till near the end of the century. In 1691 Charles Perrault, now withdrawn from public life, and busy fighting the Battle of the Books with Boileau, published anonymously his earliest attempt at story telling, unless we reckon *L'Esprit Fort*, a tale of light and frivolous character. The new story was *La Marquise de Salusses, ou la Patience de Griselidis*,

---

[1] *Madame de Maintenon d'après sa Correspondance.* Geffroy, ii. 211. Paris, 1887.
[2] *Madame de Maintenon d'après sa Correspondance.* Geffroy, i. 322.

nouvelle [1]. *Griselidis* is not precisely a popular tale, as Perrault openly borrowed his matter from Boccaccio, and his manner (as far as in him lay) from La Fontaine. He has greatly softened the brutality of the narrative as Boccaccio tells it, and there is much beauty in his description of the young Prince lost in the forest, after one of those Royal hunts in Rambouillet or Marly whose echoes now scarce reach us, faint and fabulous as the horns of Roland or of Arthur [2]. Nay, there is a certain simple poetry and sentiment of Nature, in *Griselidis*, which comes strangely from a man of the Town and the Court. The place where the wandering Prince encounters first his ·shepherdess

> ' Clair de ruisseaux et sombre de verdure
> Saisissait les esprits d'une secrete horreur ;
>   La simple et naive nature
>   S'y faisoit voir si belle ét si pure,
>   Que mille fois il benit son erreur.'

So the Prince rides on his way

> ' Rempli de douces reveries
> Qu'inspirent les grands bois, les eaux et les prairies.'

The sentiment is like Madame de Sévigné's love of her woods at Les Rochers, the woods where she says good-bye to the Autumn colours, and longs for the fairy *feuille*

---

[1] Paris : de l'imprimerie de Jean Baptiste Coignard, imprimeur du Roy et de l'Académie Françoise, rue Saint Jacques, la Bible d'or, 1691. The Bibliothèque Nationale and the Arsenal possess copies of this duodecimo of 58 pages. One of the copies is inscribed *Donné par Lautheur* 1691. (Lefèvre. *Contes de Charles Perrault*, p. 167. Paris, *s. a.*)

[2] Paul de Saint Victor, *Les Contes des Fées*, in *Hommes et Dieux*, p. 475. Paris, 1883.

qui chante, and praises 'the crystal October days.' Of
all this there is nothing in Boccaccio. Perrault, of course,
does not repeat the brutalities of the Italian tyrant, in
which Boccaccio takes a kind of pleasure, while Chaucer
veils them in his kindly courtesy.

To *Griselidis* Perrault added an amusing little essay on
the vanity of Criticism, and the varying verdicts of critics.
In this Essay, Perrault apparently shews us the source
from which he directly drew his matter, namely Boccaccio
in the popular form of the chap-books called *La Bibliothèque Bleue*. 'If I had taken out everything that every
critic found fault with,' he says, 'I had done better to
leave the story in its blue paper cover, where it has been
for so many years.' Thus Perrault borrowed from the
Bibliothèque Bleue, not the Bibliothèque Bleue, as M.
Maury fancied, from Perrault [1].

In 1694 Moetjens, the bookseller at The Hague, began
to publish a little Miscellany, or Magazine, in the form of
the small Elzevir collection, called *Recueil de pièces
curieuses et nouvelles, tant en prose qu'en vers*. Perrault
had already published *Les Souhaits Ridicules*, in a Society
paper, *Le Mercure Galant* (Nov. 1693). He now
reprinted this piece, with *Griselidis* and *Peau d'Ane*,
in Moetjens' *Recueil* [2]. These versified tales caused
some discussion, and were rather severely handled by
anonymous writers in the *Recueil*. In 1694, Perrault
put forth the three, with the introductions and essay, in a

[1] *Les Fées du Moyen Age*, p. 101. Paris, 1843.
[2] Recueil, 1694. *Peau d'Ane*, p. 50. *Les Souhaits Ridicules*, p. 93. *Griselidis*, p. 233.

small volume. Probably each tale had appeared separately, but these treasures of the book-hunter are lost. Another edition came out, with a new preface, in 1695[1].

This is the early bibliographical history, as far as it has been traced by M. André Lefèvre, of the stories in verse. They received a good deal of unfriendly criticism, and Perrault was said, in *Peau d'Ane*, to have presented the public with his own natural covering. This witticism, rather lacking in finish, is attributed to Boileau in an epigram published in Moetjens' *Recueil*. Boileau was still irritated with Perrault for his conduct in the great Battle of the Books between the Ancients and Moderns. By a curious revenge Perrault, who had blamed Homer for telling, in the Odyssey, old wives' fables, has found, in old wives' fables, his own immortality. In the *Parallèle*, iii. p. 117, the Abbé quotes Longinus, and his admiration of certain hyperboles in Homer. The Chevalier, another speaker in the dialogue, replies, 'this sort of Homeric hyperbole is only imitated by people who tell stories like *Peau d'Ane*, and introduce Ogres in seven-leagued boots (*bottes à sept lieues*).' The 'seven-leagued boots' are in the Chevalier's fancy an apt parallel to the prodigious bounds made by the horses of Discord, in the Iliad. Thus, even before Perrault began to write fairy-tales, he and Boileau had a very pretty quarrel about *Peau d'Ane*. Boileau happened to remember that Zoilus of old had reviled Homer for his *contes de Vieilles*, and thus he could conscientiously treat Perrault as a new Zoilus. In the

---

[1] Coignard Veuve. Paris.

fifth volume of his works (Paris, 1772), in which these amenities are republished, there is a Vignette by Van der Meer representing Homer, very old and timid, cowering behind a shield which Boileau, like Ajax, holds up for his protection, while Perrault, in a sword and cocked hat, throws arrows at the blind bard of Chios. The strange thing is that they were all in the right. The Odyssey, as Fénelon's Achilles tells Homer in Hades, and as Perrault knew, is a mass of popular tales, but then these are moulded by the poet's art into an epic which Boileau could not over-praise[1].

In the edition of his stories in verse, published in 1695, Perrault replied to the criticisms that reached him, 'I have to do,' he said, 'with people who can only be moved by Authority, and the example of the Ancients;' meaning Boileau and the survivors of the great literary feud. Perrault therefore adduces old instances of classical *contes*, the *Milesian Tales*, and *Cupid and Psyche* in Apuleius. 'The Moral of *Cupid and Psyche*,' he says, 'I shall compare to that of *Peau d'Ane*, when once I know what it is.' Then he declares that his Contes have abundance of moral, which is true, but there are morals even in *Cupid and Psyche*. He sketches, very pleasantly, the enjoyment of children in those old wives' fables; 'on les voit dans la tristesse et dans l'abattement tant que le héros ou l'héroïne du conte sont dans le malheur, et s'écrier de joie

---

[1] *Dialogues des Morts par feu Messire François de Salignac de la Motte Fénelon*, vol. i. p. 23. Paris, 1718. 'L'autre n'est qu'un amas de contes de vieilles.' Achilles thus anticipates Gerland's *Altgriechische Märchen in der Odyssee.*

quand le temps de leur bonheur arrive.' Indeed this was and is the best apology for M. Perrault of the French Academy, when he stooped his great perruque to listen to his little boy's repetition of his nurse's stories, and recorded them in the chronicles of Mother Goose.

Had Perrault only written *contes* in verse, it is probable that he would now be known chiefly as an imitator of La Fontaine. Happily he went further, and printed seven stories in prose. It is by these that he really lives, now that his architectural exploits, his sacred poems, his Defence of the Moderns, are all forgotten save by the learned. His Fairies have saved him from oblivion, and the countless editions and translations of his *Contes de Ma Mère L'Oye* have won him immortality [1].

The tales in prose appeared in Moetjens' *Recueil* in the following order : In 1696, in the second part of Volume V, came *La Belle au Bois Dormant* (our ' Sleeping Beauty '); and in 1697 (Vol. V. part 4), came *Le Petit Chaperon Rouge* ('Red Riding Hood'), *La Barbe Bleue* ('Blue-beard'), *Le Maistre Chat, ou le Chat Botté'* ('Puss in Boots,' or 'The Master Cat'), *Les Fées* ('The Fairy'), *Cendrillon, ou la petite pantoufle de verre* ('Cinderilla,' in the older English versions, now 'Cinderella'), *Riquet à la Houppe* ('Riquet of the

---

[1] Contes de Ma Mère L'Oye is the title on the frontispiece. The term occurs in Loret, *La Muse Historique.* (Lettre V. 11 Juin, 1650.)

> ' Mais le cher motif de leur joye,
> Comme un conte de la Mère Oye,
> Se trouvant fabuleux et faux,
> Ils deviendront tous bien pénauts.'

Tuft '), and *Le Petit Poucet* ('Hop o' My Thumb, Little Thumb ').

While Moetjens was producing these in his Miscellany, there was published in Paris, at Perrault's bookseller's (Guignard), a little volume called *Bigarrures Ingénieuses, ou Recueil de diverses Pièces galantes en prose et en vers.* The author was Mlle. L'Heritier de Villaudon, a relation of Perrault's. It is to his daughter, a Mademoiselle Perrault, that she addresses her first piece, *Marmoisan ou l' Innocente Tromperie.* The author says she was lately in a company where people began to praise M. Perrault's *Griselidis, Peau d'Ane* and *Les Souhaits.* They spoke also of 'the excellent education which M. Perrault gives his children, of their ingenuity, and finally of the *Contes naifs* which one of his young pupils has lately written with so much charm. A few of these stories were narrated and led on to others.' *Marmoisan* is one of the others, and Mlle. L'Heritier says she told it, 'avec quelque broderie qui me vint sur le champ dans l'esprit.' The tale is, indeed, all embroidery, beneath which the original stuff is practically lost[1]. But the listener asked the narrator to offer it 'à ce jeune Conteur, qui occupe si spirituellement les amusemens de son enfance.'

In a later page she wonders that the Contes should have been 'handed to us from age to age, without any one

---

[1] In her *Moralité,* Mlle. L'Heritier says,—
  'Cent fois ma nourrice ou ma mie
  M'ont fait ce beau recit le soir pres des tisons,
  Je n'y fais qu'ajouter un peu de broderie.'

taking the trouble to write them out.'   Then she herself takes the trouble to write the story of Diamonds and Toads, a story known in a rough way to the Kaffirs— and hopelessly spoils it by her *broderie*, and by the introduction of a lay figure called *Eloquentia Nativa* (*Les Enchantemens de l'Eloquence*, ou *Les Effets de la Douceur*).   One has only to compare Mlle. L'Heritier's literary and embroidered *Eloquentia* with Perrault's *Les Fées* (the original of our *Diamonds and Toads*), to see the vast difference between his manner, and that of contemporary *conteurs*.   Perrault would never have brought in a Fairy named *Eloquentia Nativa*.   Mlle. L'Heritier's *Eloquentia* (1696) was in the field before Perrrault's unembroidered version, *Les Fées*, which appeared in Moetjens' *Recueil* in 1697.   The Lady writes :

> 'Cent et Cent fois ma Gouvernante
> Au lieu de Fables d'animaux [1]
> M'a raconté les traits moraux
> De cette Histoire surprenante.'

Here, then, is Mlle. L'Heritier speaking of one of Perrault's children who has written the fairy tales, 'with so much charm.'   At this very time (1696–1697), fairy-

---

[1] The *Fables d'animaux* are probably even older than *contes* like *Diamonds and Toads*.   A Mouse and a Frog, as well as the Old Woman who survives as *La Fée*, take part in the tale as the Kaffirs tell it in *The Story of Five Heads*, in Theal's *Kaffir Folk Lore*, pp. 48, 49.   The Kaffir story slides into a form of *Beauty and the Beast*.   By some unexplained accident a story of Mlle. L'Heritier's *L'Adroite Princesse* slipped into editions of Perrault's *Contes*, in 1721, if not earlier, and holds its place even now.

tales, 'written with much charm,' in prose, and without the author's name, were appearing in Moetjens' *Recueil.* In 1697 these prose *contes* were collected, published, and declared to be by P. Darmancour, Perrault's little boy, to whom the *Privilége du Roy* is granted [1].

Critics have often declared that Perrault merely used the boy's name as a cover for his own, because it did not become an Academician to publish fairy-tales, above all in prose. It may be noted that Perrault did not employ his usual publisher, Coignard, but went to Barbin. There might also have been a hope that little Perrault Darmancour, while shielding his father, 'fit parfaitement bien sa Cour en même tems,' like *Le Petit Poucet.* Considering how Perrault's other works are forgotten, and

[1] *Histoires ou Contes du Tems Passé, avec des Moralités.* A Paris. Chez Claude Barbin, sur le second peron de la Sainte-Chapelle; au Palais. Avec Privilége de sa Majesté, 1697. In 12°. 230 pp. Bibliothèque de M. Cousin, 9677. The frontispiece, by Clouzier, represents an old woman spinning, and telling tales to a man, a girl, a little boy, and a cat which, from its broad and intelligent grin, naturalists believe to be of the Cheshire breed. On a placard is written

CONTES
DEMA
MERE
LOYE.

A copy, modified, of the engraving is printed on the cover of M. Charles Deulin's *Les Contes de Ma Mère L'Oye avant Perrault.* (Paris, Dentu, 1879.) The design holds its own, with various slight alterations, in the English chap-books of *Mother Goose's Tales,* even in the present century. There is a vastly 'embroidered' reminiscence of Clouzier in the edition edited by M. Ch. Giraud, for Perrin of Lyon, 1865.

how his Tales survive, and regarding his boy as partly
their author, we may even apply to him the Moral of
Le Petit Poucet.

> ' Quelquefois, cependant, c'est ce petit Marmot
> Qui fera le bonheur de toute la famille ! '

The dedication, signed P. Darmancour, is addressed to
Mademoiselle, and contains very agreeable flattery of the
sister of the future Regent[1]. These motives would,
indeed, account for Perrault's use of his boy's name.
But it had occurred to me, before discovering the similar
opinion of M. Paul Lacroix, that P. Darmancour really
was the author of the *Contes*, or at least a *collaborateur*[2].

---

[1] Mademoiselle was Elizabeth Charlotte d'Orleans, born 1676,
sister of Philippe, Duc de Chartres, later Duc d'Orleans, and
Regent. See Paul Lacroix in *Contes de Perrault*, Paris, s. d.
(1826.)

[2] In the introduction to the Jouaust edition of 1876 M. Paul
Lacroix has probably gone too far in attributing to Perrault's
son the complete authorship of the Tales. It is true that the
title of the Dutch reprint of 1697 describes the book as ' par le
fils de Monsieur Perrault.' The Abbé de Villiers, however, in
his *Entretiens sur les Contes des Fées* (à Paris chez Jacques
Collombat, 1699), makes one of his persons praise the stories
' que l'on attribue au fils d'un célèbre Académicien,' for their
freshness and imitation of the style of nurses. Another speaker
in the dialogue, The Parisian, replies, ' quelque estime que j'aie
pour le fils de l'Académicien, j'ai peine à croire que le père n'ait
pas mis la main à son ouvrage,' p. 109. This opinion is probably
correct. It seems that Perrault was not troubled by attacks on
his *Contes*, and, in biographical works the tales were long attributed to his son. But M. Paul Lacroix declares that this son
was nineteen years of age when the stories appeared. This looks
incredible on the face of it. Mlle. L'Heritier could hardly have

The naïveté, and popular traditional manner of their telling, recognised by all critics, and the cause of their popularity, was probably given by the little lad who, as Mlle. L'Héritier said, a year before the tales were published, 'a mis depuis peu les Contes sur le papier avec tant d'agrément.' The child, according to this theory, wrote out, by way of exercise, the stories as he heard them, not from *brodeuses* in Society, but from his Nurse, or from old women on his father's estates. The evidence of Madame de Sévigné and of Mlle. L'Héritier, as well as the testimony of the *contes* which ladies of rank

said about a young man of nineteen, that he 'occupe si spiri-tuellement les amusemens de son enfance' in writing out *Contes naïfs*. Nor would a man of that age, in a century too, when the young took on them manly duties so early, describe himself in his dedicatory letter as 'un enfant.' M. Charles Giraud gives the boy's age as ten, without citing his authority. (Lyons Edition of 1865, p. lxxiv.) Moreover the idea of educating a young man of that age by making him write out fairy-tales would have seemed, and would justly have seemed, ridiculous. We must believe that P. Darmancour was a child when the stories were published, and we may agree with the Abbé Villiers that the Academician 'put a hand to them.' M. Lacroix's authority is the discovery by M. Jal of the birth of Pierre Perrault, a son of Charles, who would have been nineteen in 1697. (Jal's *Dictionnaire Critique*, p. 1321.) But Jal did not find the register of baptism of Mademoiselle Perrault. It follows that he may have also failed to find that of other young Perraults, including 'P. Darmancour.' Each of Perrault's first sons (May 25, 1675; Oct. 20, 1676), was called Charles, the second had a Samuel added to the name. Perrault may also have had two or more Pierres; in any case, unless P. Darmancour were an idiot, his education could not have been conducted by making him write out nursery tales at nineteen.

instantly took to printing, shews how the stories were told in Society. Allegorical and other names were given to the characters, usually nameless in *Märchen.* Historical circumstances were introduced, and references to actual events in the past. *Esprit* raged assiduously through the narratives. Moreover the traditional tales were so confounded that Madame d'Aulnoy, in *Finette Cendron,* actually mixes *Cinderella* with *Hop o' My Thumb* [1].

Contrast with these refinements, these superfluities, and incoherences, the brevity, directness, and simplicity of *Histoires et Contes du Tems passé.* They have the touch of an intelligent child, writing down what he has heard told in plain language by plain people. They exactly correspond, in this respect, to the Hindoo folk-tales collected from the lips of Ayahs by Miss Maive Stokes, who was a child when her collection was published.

But, if the little boy thus furnished the sketch, it is indubitable that the elderly Academician and *beau esprit* touched it up, here toning down an incident too amazing for French sobriety and logic, there adding a detail of contemporary court manners, or a hit at some foible or vanity of men. 'Livre unique entre tous les livres,' cries M. Paul de St. Victor, 'mêlé de la sagesse du vieillard et

---

[1] Even in the popular mouth almost any formula may glide into almost any other, and there is actually a female Hop o' My Thumb in Aberdeenshire Folk Lore. But Madame d'Aulnoy's seems a wanton confusion. The Aberdeen female *Hop o' My Thumb* is *Mally Whuppy,* Folk Lore Journal, p. 68, 1884. For *Finette Cendron,* see *Nouveaux Contes des Fées,* par Madame D . . . . . , Amsterdam, Roger, 1708.

de la candeur de l'enfant!' This delightful blending of age and youth (which here *can* 'live together') is probably due to the collaboration we describe.

Were it a pious thing to dissect Perrault's *Contes*, as Professors of all nations mangle the sacred body of Homer, we might actually publish a text in which the work of the original Darmancour and of the paternal *Diaskeuast* should be printed in different characters. Without carrying mere guess-work to this absurd extent, cannot one detect the older hand in places like this,— the Ogre's wife finds that her husband has killed his own children by misadventure: 'Elle commenca par s'évanouir (car c'est le premier expédient que trouvent presque toutes les femmes en pareilles rencontres)'? One can almost see the Academician writing in that sentence on the margin of the boy's copy. Again, at the end of *Le Petit Poucet*, we read that he made a fortune by carrying letters from ladies to their lovers, 'ce fut là son plus large gain. Il se trouvoit quelques femmes qui le chargeoient de lettres pour leurs maris, mais elles le payoient si mal, et cela alloit à si peu de chose, qu'il ne daignoit mettre en ligne de conte ce qu'il gagnoit de ce côté-là.' That is the Academician's jibe, and it is he who makes Petit Poucet buy Offices 'de la nouvelle création pour sa famille.' 'You never did that of your own wit,' as the Giant says to the Laddie in the Scotch story, *Nicht, Nought, Nothing*. But 'Anne, ma sœur Anne, ne vois-tu rien venir?' 'Je ne vois rien que le Soleil qui poudroye et l'herbe qui verdoye!' or 'Tire la chevilette, le bobinette cherra,' or 'Elle alla donc bien loin, bien loin, encore plus loin '; *there* the child is listening to the old and broken voice of tradition, mumbling her ancient burden while the cradle rocks, and the spinning-wheel turns and hums.

It is to this union of old age and childhood, then, of peasant memories, and memories of Versailles, to this kindly handling of venerable legends, that Perrault's *Contes* owe their perennial charm. The nursery tale is apt to lose itself in its wanderings, like the children in the haunted forest; Perrault supplies it with the clue that guides it home. A little grain of French common sense ballasts these light minions of the Moon, the elves; with a little toss of Court powder on the locks, *pulveris exigui jactu*, he tames the wild *fée* into the Fairy Godmother, a grande dame de par le monde, with an agate crutch-handle on her magic wand. 'His young Princesses, so gentle and so maidenly, have just left the convent of Saint Cyr. The King's sons have the proud courtesy of Dauphins of France: the Maids of Honour, the Gentlemen of the Bed-chamber, the red-nosed Swiss guards, sleep through the slumber of the *Belle au Bois Dormant*[1].'

They are all departed now, Dukes and Vicomtes and Princes, the Swiss Guards have gone, that made the best end of any, the hunting horn is still, and silent is the spinning wheel. The great golden coaches have turned into pumpkins again, the coachman has jumped down from his box, and hidden in his rat-hole, the Dragoon and the Hussar have clattered off for ever, the Duchesses dance

[1] Paul de Saint Victor, *Hommes et Dieux*, p. 474.

no more in the minuet, nor the fairies on the haunted green. But in Perrault's enchanted book they are all with us, figures out of every age, the cannibal ogre that little Zulu and Ojibbeway children fear not unreasonably; the starving wood-cutter in the famines Racine deplored; the Princess, so like Mademoiselle; the Fairy Godmother you might mistake for Madame d'Epernon; the talking animals escaped from the fables of days when man and beast were all on one level with gods, and winds, and stars. In Perrault's fairy-land is room for all of them, and room for children too, who wander hither out of their own world of fancy, and half hope that the Sleeping Beauty dwells behind the hedge of yew, or think to find the dangerous distaff in some dismantled chamber.

The *Histoires et Contes du Tems Passé* must clearly have been successful, though scant trace of their success remains in the criticism of the time[2]. We may measure it by the fleet of other books of fairy tales which 'pursue the triumph and partake the gale.' The *Contes de Fées* of Mad. La Comtesse de M * * * (Murat) were published by Barbin in 1698. How little the manner resembles Perrault's 'fairy-way of writing,' how much it deserves

---

[2] *L'Histoire de Mélusine* (Barbin, Paris, 1698) is dedicated like *Histoires et Contes du Tems Passé* to *Mademoiselle.* The author says, 'Si tost que la plus célèbre des Fées a sceu que votre Altesse Royale avoit eu la bonté de donner de favourables audiences aux Fées du bas ordre, et qu'elle avoit pris quelque plaisir au recit de leurs avanteures,' she came forward and asked Mademoiselle to patronise her own. A burlesque 'Privilége en faveur des Fées dans ce temps où l'on a tant d'engouement pour les Contes des Fées' ends the volume.

the censure of the Abbé de Villiers, may be learned from the opening sentence of *Le Parfait Amour.* 'Dans un de ces agréables pais qui sont dependans de l'Empire des Fées, regnoit la redoutable Danamo, elle estoit scavante dans son art, cruelle dans ses actions, et glorieuse de l'honneur d'estre descendue de la célèbre Calipso, dont les charmes eurent la gloire et le pouvoir en arrestant le fameux Ulisse, de triompher de la prudence des vainqueurs de Troye.'

The second story, *Anguillette*, is so far natural, that it contains a friendly Eel (as in the Mangaian legend of the Eel-lover of Ina); but this Eel is a fairy, condemned to wear the form of a fish, for certain days in each month. These narratives are almost unreadable, and scarcely keep a trace of the popular tradition. The tales of Madame d'Aulnoy, on the other hand, introduced the *White Cat*, the *Yellow Dwarf*, *Finette Cendron*, and *Le Mouton* to literature and the stage, where they survive in pantomime and *féerie*. *Beauty and the Beast* first appears, at the immoderate length of three hundred and sixty-two pages, in *Les Contes Marins* (La Haye, 1740) by Madame de Villeneuve.

Literary Fairy Tales flourished all through the eighteenth century in the endless *Cabinet de Fées*. As for Perrault's Tales, they were republished at the Hague, in 1742, with illustrations by Fokke. In 1745, they appeared, with Fokke's vignettes, and with an English translation. An English version, translated by Mr. Samber, printed for J. Pote, was advertised, Mr. Austin Dobson tells me, in the *Monthly Chronicle*, March 1729.

There have been innumerable editions, often splendidly equipped and illustrated, down to the present date. This little book alone, of all Charles Perrault's labours, has won 'the land of matters unforgot.' Odysseus, Figaro, and Othello are not more certain to be immortal than Hop o' my Thumb, Puss in Boots, and Blue Beard, the heroes whom Charles Nodier so pleasantly called 'the Ulysses, the Figaro, and the Othello of children.'

Fairies and Ogres.

The stories of Perrault are usually called 'Fairy Tales,' and they deserve the name more than most *contes*, except the artificial contemporary tales, because in them Fairies or Fées do play a considerable part. Thus there were seven Fairies, and an old one 'supposed dead or enchanted,' in the *Sleeping Beauty*. There is a Fairy Godmother in *Cinderella*, and, as will be shown in the study on *Cinderella*, she takes the part usually given, in traditional versions, to a cow, a sheep, or a dead mother who has some mystic connection with the beast. The same remarks apply to the Fairy Godmother in *Peau d'Ane*. She, too, does for the heroine what beasts do in purely popular European variants, and in analogous tales from South Africa.

The fairies in *Riquet of the Tuft* are of little importance, as the narrative is not really traditional, but of literary invention for the most part. The fairy in *The Two Wishes* is not a fairy in the South African variants where divers magical or animal characters appear, nor can *Mother Holle* in Grimm (24) be properly styled a fairy. Thus, of all Perrault's Fairies, only the Fairies of the

Sleeping Beauty (repeated in *Riquet of the Tuft*) answer to Fairies as they appear in genuine popular traditions, under such names as Moirai, or Hathors, in ancient Greek, and Egyptian versions. These beings attend women in child-bed, as they attended Althea when she bore Meleager, and they predict the fortunes of the infant.

Perrault's fairy godmothers (unlike the fairies of real legend) are machinery of his own, and even he dispenses with Fairies altogether in *Blue Beard*, *Hop o' my Thumb*, and *Puss in Boots*; while in *Les Trois Souhaits* the mythological machinery of the classics is employed, and Jupiter does what a fairy might have done. It is true that the key of the forbidden door, in *Blue Beard*, is said to be *Fée*; but this only means that, like the seven-leagued Boots in *Hop o' my Thumb* ('elles estoient Fées'), the key has magical qualities. The part of Fairies, then, is very restricted, even in Perrault, while, in traditional *Märchen* all over the world, Fairies or beings analogous to the Fairies appear comparatively seldom.

In spite of this the Fairies have so successfully asserted their title over popular tales, that a few words on their character and origin seem not out of place. Fairies are doubtless much older than their name; as old as the belief in spirits of woods, hills, lonely places, and the nether world. The familiar names, *fées*, *fades*, are apparently connected with *Fatum*, the thing spoken, and with *Fata*, the Fates who speak it, and the God *Fatuus*, or Faunus, and his sister or wife *Fatua*[1]. Preller quotes

---

[1] Fauno fuit uxor nomine Fatua. Justin, xliii. 1. Preller, *R. M.* I. 385.

the *Fatuae* as spiritual maidens of the forests and elements, adding the other names of *Sagae* and *Sciae*, to Fatuae, and Fata[1].   He compares the Slavonic Wilis: and, to be brief, the Apsaras of India, the Nereids of ancient and modern Greece, and the Good Ladies and Fairies of Scotland, with many of the Melanesian Vuis, forest-haunting spirits, are all of the same class, are fairy beings informing the streams and wilds.   To these good folk were ascribed gifts of prophecy, commonly exercised beside the cradle of infancy, *deabus illis quae fata nascentibus canunt, et dicuntur Carmentes*[2].   As Maury shows[3], the local Fairies of Roman Gaul were propitiated with altars:

FATIS
DERVONIBUS
V. S. L. M. M. RVFNVS
SEVERVS.

Just as the Scotch Fairies are euphemistically styled 'The Good Folks,' 'The People of Peace,' the 'Good Ladies,' so it befell the daughter of Faunus.   She was styled 'The Good Goddess,' and her real name was tabooed[4].

It was natural that when Christianity reached Gaul, where the native spirits of woods and wells had acquired the name of *Fata*, these minor goddesses should survive

[1] *Römische Mythologie*, i. 100.   Berlin, 1881.
[2] Preller, *op. cit.* ii. 194, quoting Tertullian, *De An.* 39, and Augustine, *Civitas Dei*, iv. 11.
[3] *Les Fées du Moyen Age*, p. 13.   Paris, 1843.
[4] Quam quidam, quod nomine dici prohibitum fuerat, *Bonam Deam* appellatam volunt.   Servius, *Æneid*, viii. 315.

the official heathen religion. The temples of the high gods
were overthrown, or turned into churches, but who could
destroy all the woodland fanes of the Fata, who could
uproot the dread of them from the hearts of peasants?
Saints and Councils denounced the rural offerings to fountains and the roots of trees, but the secret shame-faced
worship lasted deep into the middle ages[1]. It is con-
jectured by Maury, as by Walckenaer (*Lettres sur les
Contes de Fées*; Paris, 1826), that the functions of pro-
phetic Gaulish Maidens and Druidesses were confused
with those of the Fairies. Certainly superstitious ideas
of many kinds came under the general head of belief
in *Fata, Faes, Fadae,* and the *Fées* of the forest of
Broceliande. The *Fées* answered, as in the *Sleeping
Beauty*, to Greek *Moirai* or Egyptian *Hathors*[2]. They
nursed women in labour: they foretold the fate of children.
It is said that when a Breton lady was giving birth to
a child, a banquet for the *Fées* was set in the neighbouring chamber[3]. But, in popular superstition, if not in
Perrault's tales, the *Fées* had many other attributes. They
certainly inherited much from the pre-Christian idea of
Hades. In the old MS. *Prophesia Thomae de Erseldoun*[4]
the subterranean fairy-world is the under-world of pagan
belief. In the mediæval form of Orpheus and Eurydice
(*Orfeo and Heurodis*), it is not the King of the Dead,

---

[1] Maury, *Les Fées du Moyen Age*, pp. 15, 16, and his
authorities in the *Capitulaires* and *Life of Saint Eloi*.

[2] Amyot, in his Plutarch, actually renders *Moirai* by *Fées* (1567).

[3] Maury, p. 31.

[4] Scott, *Border Minstrelsy*, iii. 381.

but the king of Fairy that carries off the minstrel's bride. Fairyland, when Orpheus visits it, is like Homer's Hades.

> *'And sum thurch the bodi hadde wounde*
> *Wives ther lay on childe bedde*
> *Sum dede and sum awedde.'*

In the same way Chaucer calls Pluto 'King of Fayrie,' and speaks of 'Proserpine and all her fayrie,' in the *Merchant's Tale.* Moreover Alison Pearson, when she visited Elfland, found there many of the dead, among them Maitland of Lethington, and one of the Buccleughs. For all this dealing with fairies and the dead was Alison burned (Scott, *Border Minstrelsy*, ii. 137–152).

Because the mediæval Fairies had fallen heir to much of the pre-Christian theory of Hades, it does not follow, of course, that the Fairies were originally ancestral ghosts. This origin has been claimed for them, however, and it is pointed out that the stone arrow-heads of an earlier race are, when found by peasants, called 'elf-shots,' and attributed to the Fairies. Now the real owners and makers were certainly a race dead and gone, as far as a race can die. But probably the ownership of the arrows by elves is only the first explanation that occurs to the rural fancy. On the other hand, it is candid to note that the Zulu Amatongo, certainly 'ancestral ghosts,' have much in common with Scotch and Irish fairies. 'It appears to be supposed,' says Dr. Callaway, 'that the dead become "good people," as the dead among the Amazulu become Amatongo, and, in the funeral processions of ..ne "good people" which some profess to see, are recognised the forms of those who have lately died, as Umkatshana saw

his relatives among the Abapansi,' and as Alison saw
Maitland of Lethington and Buccleuch in Elfland.   This
Umkatshana followed a deer into a hole in the ground,
where he found dead men whom he knew[1].   Compare
Campbell, *Tales from the West Highlands*, ii. 56, 65,
66, 106, where it is written, 'the Red Book of Clan-
ranald is said not to have been dug up, but found *on* the
moss.   It seemed as if the ancestors sent it.'

These rather gloomy fairies of the nether-world have
little but the name in common with the fairies of Herrick,
of the *Midsummer Night's Dream*, and of Drayton's
Nymphidia.   The gay and dancing elves have a way,
in Greece, of making girls 'dance with the Nereids' till
they dance themselves to death.   In the same way it is
told of Anne Jefferies, of St. Teath in Cornwall (born
1626), that one had seen her 'dancing in the orchard,
among the trees, and that she informed him she was then
dancing with the Fairies.'   She lived to be seventy, in-
spite of the Fairies and the local magistrates who tried
her case (Scott, *B.M.* ii. 156).

Perrault's fairies do not wed mortal men, in this differ-
ing from the Indian Apsaras, and the fairies of New
Zealand and of Wales. (Taylor's *New Zealand*, p. 143.
Compare story of Urvasi and Pururavas, Max Müller,
Selected Essays, i. 408.   A number of other examples
of Fairy loyes, including one from America, is given in
Custom and Myth, pp. 68–86.)

On a general view of the evidence, it appears as if the
fashion for Fairy tales, in Perrault's time, had made rather

---

[1] *Nursery Tales of the Zulus*, p. 317; *Amatongo*, p. 227.

free with the old *Fata* or *Fées*. Perrault sins much less than the Comtesse d'Aulnoy, or the Comtesse de Murat, but even he brings in a *Fatua ex machina* where popular tradition used other expedients.

As to the Ogres in Perrault, a very few words may suffice. They are simply the survival, in civilised Folklore, of the cannibals, *Rakshasas, Weendigoes*, and man-eating monsters who are the dread of savage life in Africa, India, and America. Concerning them, their ferocity, and their stupidity, enough will be said in the study of *Le Petit Poucet*. As to the name of Ogre, Walckenaer derives it from *Oigour*, a term for the Hungarian invaders of the ninth century, a Tartar tribe[1]. Hence he concludes that the Ogre-stories are later than the others, though, even if 'Ogre' meant 'Tartar,' only the name is recent, and the Cannibal tales are of extreme antiquity. Littré, on the other hand, derives *ogre* from *Orcus, cum Orco rationem habere* meaning to risk one's life. Hop o' my Thumb certainly risked his, when he had to do 'cum Orco,' if Orcus be *Ogre* (*Lettres sur les Contes de Fées*, p. 169–172).

---

[1] In popular French versions the Ogre is often called *Le Sarrasin* to this day (Sébillot in *Mélusine*, May 5, 1887).

NOTES ON THE

SEVERAL TALES BY PERRAULT,

AND THEIR VARIANTS.

—◆◆—

LES TROIS SOUHAITS.

The Three Wishes.

THE story of *The Three Wishes* is very valuable as an illustration of the difficulties which baffle, and perhaps will never cease to baffle, the student of popular Tales and their diffusion. The fundamental idea is that a supernatural being of one sort or another can grant to a mortal the fulfilment of a wish, or wishes, and that the mortal can waste the boon. Now probably this idea might occur to any human mind which entertained the belief in communication between men, and powerful persons of any sort, Gods, Saints, Tree-spirits, fairies, *follets* or the like. The mere habit of prayer, universally human as it is, contains the germs of the conception. But the notion, as we find it in story, branches out into a vast variety of shapes, and the problem is to determine which of these, or whether any one of these is the original type, and whether the others have been adapted or burlesqued from that first form, and whether these processes have been the result of literary transmission, and literary handling, or of oral traditions and popular fancy. Perhaps a compact statement of some (by no means all) of the shapes of *The Three Wishes* may here be serviceable.

1. The granters of the Wishes are gods. The gift is accepted in a pious spirit, and the desires are noble, and worthy of the donors.

This tale occurs in Ovid, *Metamorphoses*, viii. 610–724. Baucis and Philemon entertain the gods, who convert their hut into a Temple. They *wish* (the man is the speaker) to serve the gods in this fane, and that neither may outlive the other :

Nec conjugis umquam
Busta meae videam : neu sim tumulandus ab illa.

Their wishes are fulfilled.

2. In German popular tales, this idea appears, with additions, in *Rich and Poor* (Grimm 87). Here the virtue of the good is contrasted with the folly of the bad. The Poor man hospitably receives our Lord, and, for his three wishes, chooses eternal happiness, health and daily bread, and a new house. The Rich man rejects our Lord, but getting a second chance, loses his temper, wishes his horse dead, the saddle on his wife's back, and—the saddle off again !

Now popular fancy has been better pleased with the burlesque ideas in the second part of this fable, than with the serious moral ; and most of the tales turn on burlesque wishes, leaving the virtuous wishers out of the story. The narrative also shews a Protean power of altering details, the wishes vary, the power who grants the wish is different in different *Märchen*, the person whose folly wastes the wish may be the husband, or may be the wife.

A very old form of the Wasted Wish, originally no
doubt a popular form, won its way into literature in the
Pantschatantra. The tale has also been annexed by
Buddhism, as Buddhism annexed most tales, by the
simple process of making Sakya Muni the hero or narrator
of the adventures.

The *Pantschatantra* is a collection of fables in Sanskrit. In its original form, according to Mr. Max Müller,
its date can be fixed, by aid of an ancient Persian translation, as previous to 550 A.D. 'At that time a collection
somewhat like the Pankatantra, though much more ex-
tensive, must have existed[1].' By various channels the
stories of the *Pantschatantra* reached Persia, Arabia,
Greece, and thence were rendered into Latin, and again,
were paraphrased in different vernacular languages, by
literary people. But when we find, as we do, a story in
the *Pantschatantra* and a similar or analogous story in the
Arabic *Book* of *Sindibad* (earlier than the tenth century),
and again in the Greek *Syntipas* (eleventh and twelfth
century), and again in Latin, or Spanish, or French
literature, we cannot, perhaps, always be sure that the tale
is derived from India through literary channels. Whoever
will compare the *Wish* story of the *Double-headed Weaver*
in the *Pantschatantra*[2] with *The Three Wishes* in the
Book of Sindibad (Comparetti. *Folk Lore Society,* 1882,
p. 147), and again, with Marie de France's twenty-fourth
Fable (*Dou Vilain qui prist un folet*), and yet again with
Perrault's *Trois Souhaits,* and, lastly, with the popular

---

[1] *Selected Essays,* i. 504.   [2] Benfey, ii. 341.

tales among Grimm's variants, will find many perplexing problems before him [1]. The differences in the details and in the conduct of the story are immense. Did the various authors borrow little but the main conception—the wasted wishes? Are the variations the result of literary caprice and choice? Has the story travelled from India by two channels,—(1) literary, in *Pantschatantra*, and *Syntipas* with the translations; (2) oral, by word of mouth from people to people? Are the *popular* versions derived from literature, or from oral tradition? Is the oldest literary version, that of the *Pantschatantra*, more akin to the *original* version than some of the others which meet us later? Finally, might not the idea of wasted wishes occur independently to minds in different ages and countries, and may not some of the versions be of independent origin, and in no way borrowed from India? Is there, indeed, any reason at all for supposing that so simple a notion was invented, once for all, in India?

It is easy to ask these questions, it is desirable to bear them in mind, so that we may never lose sight of the complexity and difficulty of the topic. But it is practically impossible to answer them once for all.

The nature of the problem may now be illustrated by a few examples. In the story of the *Pantschatantra*, the granter of the wish (there is but one wish) is a tree-dwelling spirit. A very stupid weaver one day broke part of his loom. He went out to cut down a tree near the shore, meaning to fashion it for his purpose, when a spirit, who

---

[1] See *Poésies de Marie de France, Poète Anglo-Normande du xiii° Siècle*, vol. ii. p. 140. Paris, 1820.

dwelt in the timber, cried, 'Spare this tree.' The weaver said he must starve if he did not get the wood, when the spirit replied, 'Ask anything else you please.' The barber, being consulted, advised the weaver to wish to be king. The weaver's wife cried, 'No, stay as you are, but ask for two heads, and four hands, to do double work.' He got his wish, but was killed by the villagers, who very naturally supposed him to be a Rakshasa, or ogre. The moral is enunciated by the barber, 'Let no man take woman's counsel.' The poor woman's lack of immoderate ambition might seem laudable to some moralists.

Here the peculiarities are : A tree-ghost grants the wish.

There is only one wish.

It is made on a woman's advice.

It causes the death of the wisher [1].

The story is next found in the various forms of the *Book of Sindibad*, Greek, Hebrew, Persian, Arabic, and old Spanish, a book mentioned by all Arabic authors of the tenth century, and of Indian and Buddhistic origin [2]. As told in the various forms of *Sindibad*, the tale of *The Three Wishes* takes this shape. A man has a friendly spirit (a she-devil in the Spanish *Libro de los Engannos*), who is obliged to desert his company, but leaves him certain formulæ, by dint of repeating which he will have Three Wishes granted to him. The tree-spirit has disappeared, the one wish has become three. The man consults with his wife, who suggests that he should desire, not

---

[1] Benfey, *Pantschatantra,* ii. 341.

[2] Comparetti, *Book of Sindibad,* p. 3. Benfey, *Pantschatantra* i. 38.

two heads and four hands, but an obscene and disgusting bodily transformation of another sort. He wishes the wish, is horrified by the result, and, on the woman's hint, asks to have all that embarrasses him removed. The granting of the wish leaves him with 'a frightful *minus* quantity,' and he expends the third wish in getting restored to his pristine and natural condition. The woman explains that she had not counselled him to desire wealth, lest he should weary of her and desert her. This, at least, is the conclusion in the Hebrew version, in the *Parables of Sandabas* (Deulin, *Contes de Ma Mère L'Oye*, p. 71).

How are we to account for this metamorphosis of the story in the *Pantschatantra*? Is the alteration a piece of Arabian humour? Was there another Indian version corresponding to the shape of the tale in the *Book of Sindibad*? The questions cannot be answered with our present knowledge.

Another change, and a very remarkable one, occurs in the *Fables* of Marie de France. Of Marie not much is known. In the *Conclusion* of her Fables, she says—

'Au finement de cest escrit
K'én Romanz ai turné et dit,
Me numerai par remembraunce
Marie ai num, si sui de Fraunce.

* * * * *

Pur amur le cumte Willaume
Le plus vaillant de cest Royaume,
M'entremis de cest livre feire
E de l'Angleiz en Roman treire,
Ysopet apeluns ce livre
Qu'il traveilla et fist escrire;

> De Griu en Latin le turna.
> Li Rois Henris qui moult l'ama
> Le translata puis en Engleiz
> E jeo l'ai rimé en Franceiz.'

That is to say, King Henry had translated into English a collection of fables and *contes* attributed to Æsop, and Marie rendered the English into French. Now Æsop certainly did not write the story of *The Three Wishes*. The text before Marie was probably a' mere congeries of tales and fables, some of the set usually attributed to Æsop, some from various other sources. The Latin version, the model of the English version, was that assigned to a certain, or uncertain Romulus, whom Marie, in her preface, calls an emperor. Probably he borrowed from Phædrus, though he boasts that he rendered his fables out of the Greek. M. de Roquefort thinks he did not flourish before the eleventh or twelfth century [1]. Who was *li rois Henris* who turned the fables into Marie's English text? She lived under our Henry III. Perhaps conjecture may prefer Henry Beauclerk, our Henry .

In any case Marie manifestly did render the fables, or some of the fables, in *Le dit d'Ysopet* out of English. The presence of English words in her French seems to raise a strong presumption in favour of the truth of the assertion. One of these English words occurs in her form of *The Three Wishes* (Fable xxiv), called *Dou Vilain qui prist un Folet*, also *Des Troiz Oremens*, or *Du Vileins et de sa Fame*. A Vilein captured a Folet (fairy or brownie?) who granted him Three Wishes. The

[1] *Poésies de Marie de France*, vol. ii. p. 53.

Folet resembles the tree-bogle of the *Pantschatantra.*
The vilein gave two wishes to his wife. Long they lived
without using the wishes. One day, when they had a
marrow bone for dinner, and found it difficult to extract
the marrow, the wife wished that her husband had—

> ' tel bec came li plereit
> E cum li Huite cox᾽ aveit.'

The Huite cox is an English word, woodcock, in disguise. The husband, in a rage, wished his wife a woodcock's beak also, and there they sat, each with a very long
bill, and two wishes wasted. There Marie leaves them—

> ' Deus Oremanz unt ja perduz
> Que nus n'en est a bien venuz,'

' with two wishes lost, and no good gained thereby.'
Manifestly the third wish was expended in a restoration of
human noses to each of them. The moral is that ill
befalls them—

> ' qui trop creient autrui parole.'

We naturally wonder whether this version was borrowed
from one or other shape of *Syntipas.* If it was, did the
change come in the Latin handling of it, or in the English?
Or is it not possible that the version worked on by Marie
had a *popular* origin, whether derived by oral transmission
from some popular Indian shape of the story, which had
filtered through to the West, or the child of native Teutonic
wit? There seems to be no certain criterion in a case like
this. Certainly no mediæval wag was likely to alter, out
of modesty, the form of the tale in *Syntipas* and its

derivatives, though Marie would not have rhymed that offen-
sive *conte* if she had met with it in the English collection.
Unluckily one is not acquainted with any version of *The
Three Wishes* among backward and remote races, American
or African. If such a version were known (and it may,
of course, exist), we might argue that the tale was
'universally human.' There is nothing in it, as told in
Pantschatantra, to make it seem essentially and peculiarly
Indian, and incapable of having been invented elsewhere.

A fourteenth-century version (quoted by M. Deulin
from *Fabliaux et Contes* published by St. Méon, vol. iv.
p. 386) amplifies all that is least refined in *Sendabar* and
in *Sindibad*. St. Martin grants the wishes, there are four
of them, and nobody is one penny the better. With
Philippe de Vigneules (1505–1514, the seventy-eighth of
his hundred *Nouvelles*), God grants three wishes to a
wedded pair. The woman wishes a new leg for her pot,
the man wishes her *le pied au ventre*, and then wishes it
back again. M. Deulin found this form in living popular
tradition, at Leuze in Hainaut.

The *Souhaits* of La Fontaine (*Fables*, vii. 6) has this
peculiarity, that the giver of the wishes, as in Marie de
France and in *Sindibad*, is a Follet or brownie, or familiar
spirit, obliged to leave his friends. He offers them three
wishes; first, they ask for wealth and are embarrassed by
their riches, then for a restoration of their mediocrity, then
for wisdom.

'C'est un trésor qui n'embarrasse point.'

La Fontaine's source is obscure; had he known *Syntipas*,

he might (or might not) have introduced the story among his *Contes.* Perhaps it was too rude even for that un-abashed collection.

As for Perrault, he probably drew from a popular tradition his *Aune de Boudin.* Collin de Plancy (*Œuvres Choisies de Ch. Perrault*, Paris, 1826, 240) gives a curious rustic version. Three brothers dance with the Fairies, who offer them a wish apiece. The eldest, as heir of the paternal property, wants no more, but, as wish he must, asks that their calf may cure the colic of every invalid who seizes it by the tail. (How manifestly Indian in origin is this introduction of the sacred beast whose tail is grasped by the pious Hindoo in his latest hours!) The youngest brother wishes the horns of cow and calf on his brother's head, the second wishes a bull's head on his brother's shoulders, and the Fairies make these wild wishes of none avail.

Manifestly the fundamental idea is capable of infinite transformations, literary or popular: a good example is the play of *Le Bucheron*, by Guichard and Philidor, acted in 1763.

The story has no connection with the three successful wishes by aid of which the devil is defeated in a number of popular tales belonging to a different cycle. All these are inspired, however, by the great god Wunsch, who presides over Wishing Gates.

> ' Would I could wish my wishes all to rest,
> And know to wish the wish that should be best,

says Clough, better inspired than Perrault's *Bucheron*.

d 2

La Belle au Bois Dormant.

The Sleeping Beauty.

The idea of a life which passes ages in a secular sleep is as old as the myth of Endymion. But it would be difficult to name any classical legend which closely corresponds with the story of the Sleeping Beauty. The first incident of importance is connected with the very widely spread belief in the Fates, or Moirai, or Hathors (in Ancient Egypt), or fairies, who come to the bedside of Althæa, or of the Egyptian Queen, or to the christening of the child in _La Belle au Bois Dormant_, and predict the fortunes of the newly born. In an Egyptian papyrus of the Twentieth Dynasty there is a tale, beginning, just like Perrault's, with the grief of a king and queen, who have no child, or at least no son. Instead of going _à toutes les Eaux du monde_, they appeal to the gods, who hear their prayers, and the queen gives birth to a little boy. Beside his cradle the Hathors announce that he shall perish by a crocodile, a serpent, or a dog. The story, in Egyptian, now turns into one of the common myths as to the impossibility of evading Destiny[1]. In Perrault's _Conte_, of course, fairies take the place of the Fates from whom perhaps _Fée_ is derived. When the fairies have met comes in another old incident—one of them, like Discord at the wedding of Peleus, has not been invited, and she prophesies the death of the Princess. This is commuted, by a friendly fay, into a sleep of a

[1] Maspero, _Contes Egyptiens_, p. 33.

hundred years: the sleep to be caused, as the death was to have been, by a prick from a spindle. The efforts of the royal family to evade the doom by proscribing spindles are as futile as usual in these cases. The Princess and all her people fall asleep, and the story enters the cycle of which Brynhild's wooing, in the *Volsung's Saga*, is the heroic type. Brynhild is thus described by the singing wood-peckers,—

> 'Soft on the fell
> A shield-may sleepeth,
> The lime-trees' red plague
> Playing about her.
> The sleep-thorn set Odin
> Into that maiden
> For her choosing in war
> The one he willed not.'

Sigurd is bidden to awaken her, and this he does, rending her mail with his magic sword. But the rest of the tragic story does not correspond with *La Belle au Bois Dormant.* Perrault's tale has its closest companion in Grimm's *Little Briar Rose* (90), which lacks the conclusion about the wicked mother-in-law. Her conduct, again, recurs in various tales quite unlike *La Belle* in general plot. The incident of the sleep-thorn, or something analogous, occurs in *Surya Bai* (*Old Deccan Days*), where a prick from the poisoned nail of a demon acts as the soporific. To carry poison under the nail is one of the devices of the Voudou or Obi man in Hayti. Surya Bai, when wakened and married by a Rajah, is the victim of the jealousy, not of an ogress mother-in-law, but of another wife, and *that* story glides into a form of the

Egyptian tale *The Two Brothers* (Maspero, i.). The sleep-thorn, or poisoned nail, takes again in Germany the shape of the poisoned comb. *Snow-white* is wounded therewith by the jealousy of a beautiful step-mother, with a yet fairer step-daughter (Grimm, 53). In mediæval romances, as in *Perceforest*, an incident is introduced whereby the sleeping maid becomes a mother. Lucina, Themis, and Venus take the part of the Fairies, Fates, or Hathors. In the Neapolitan *Pentamerone* the incident of the girl becoming a mother in her sleep is repeated. The father (as in *Surya Bai*) is a married man, and the girl, Thalia, suffers from the jealousy of the first wife, as Surya Bai does. The first wife wants to eat Thalia's children, *à diverses sauces*, which greatly resembles Perrault's *sauce Robert*. The children of Thalia are named Sun and Moon, while those of the Sleeping Beauty are L'Aurore et Le Jour. The jealous wife is punished, like the Ogre mother-in-law [1].

While the idea of a long sleep may possibly have been derived from the repose of Nature in winter, it seems useless to try to interpret *La Belle au Bois Dormant* as a Nature myth throughout. The story, like all *contes*, is a patchwork of incidents, which recur elsewhere in different combinations. Even the names Le Jour and L'Aurore only appear in such late and literary forms as the *Pentamerone*, where they are mixed up with Thalia, clearly a fanciful name for the mother, as fanciful as that of the sleeping Zellandine, who marries the god Mars in *Perceforest*. As an example of the length to which some

[1] *Contes de Ma Mère L'Oye*, p. 157.

mythologists will go, may be mentioned M. André Lefèvre's discovery that Poufle, the dog of the Sleeping Beauty, is the Vedic Sarama in search of the Dawn [1].

Le Petit Chaperon Rouge.

Little Red Riding Hood.

PERRAULT has not concealed the moral which he thought obvious in this brief narrative.　There are wolves—

> '*Qui suivent les jeunes Demoiselles*
> *Jusques dans les maisons, jusques dans les Ruelles!*'

Racine, in an early letter, admits that he himself has been one of these wolves.

> 'Il faut être régulier avec les Réguliers, comme j'ai été loup avec vous, et avec les autres loups, vos compères.[2]'

But the nurses from whom Perrault or his little boy heard *Le petit Chaperon Rouge* had probably no such moral ideas as these.　They *may* have hinted at the undesirable practice of loitering when one is sent on an

---

[1] *Contes de Charles Perrault*, Paris, *s. a.* p. lxiv.　Perrault's love of refining is not idle in *Le Chaperon Rouge*.　In the *popular* versions, in Brittany and the Nièvre, the wolf puts the grandmother in the pot, and her blood in bottles, and makes the unconscious child eat and drink her ancestress!　The cock or the robin redbreast warns her in vain, and she is swallowed. (*Mélusine*, May 5, 1887.)

[2] A. M. de la Fontaine, à Usez, le ii. Nov. 1661.

errand, but the punishment is out of all proportion to the offence. As it stands, the tale is merely meant to waken a child's terror and pity, and probably the narrator ends it by making a pounce, in the character of Wolf, *c'est pour te manger*, at the little listener. This was the correct 'business' in our old Scotch nurseries, when we were told *The Cattie sits in the Kiln-Ring Spinning*.

> ' By cam' a cattie and ate it a' up my loesome,
>> Loesome Lady !
> And sae will I you—worrie, worrie, gnash, gnash,
>> Said she, said she ! '

' The old nurse's imitation of the *gnash, gnash*, which she played off upon the youngest urchin lying in her lap, was electric ' (Chambers, *Popular Rhymes of Scotland*, 1842, p. 54).

If *Little Red Riding Hood* ended, in all variants, where it ends in Perrault, we might dismiss it, with the remark that the *machinery* of the story is derived from ' the times when beasts spoke,' or were believed to be capable of speaking. But it is well known that in the German form, *Little Red Cap* (Grimm 26), the tale by no means ends with the triumph of the wolf. Little Red Cap and her grandmother are resuscitated, ' the wolf it was that died.' This may either have been the original end, omitted by Perrault because it was too wildly impossible for the nurseries of the time of Louis XIV, or children may have insisted on having the story 'turn out well.' In either case the German *Märchen* preserves one of the most widely spread mythical incidents in the world,—the reappearance of living people out of the monster that has devoured them.

In literature, this incident first meets us in the myth of Cronus (Hesiod, *Theog.* 497; Pausanias, x. 24), where Cronus disgorges his swallowed children alive, after gulping up the stone in swaddling bands which he had taken for Zeus, his youngest infant. He had previously dined on a young foal that he was assured his wife had just borne, when, in reality, the child was Poseidon. In this adventure Cronus united the mistake of the ogress mother-in-law, in *La Belle au Bois Dormant*, who ate the kid in place of the Sleeping Beauty's boy, the adventure of the king who hears his wife has borne a beast-child, and the adventure of the Wolf who disgorges his prey alive. The local fancy of Arne in Arcadia had combined all these ideas of *Märchen* into one divine myth (Pausan. viii. 8, 2). It would be superfluous to enumerate here all the savage and civilised stories of beings first swallowed and then disgorged alive. A fabulous monster Kwai Hemm is the swallower in Bushman story. The Iqong qongqo takes the *rôle* among the Kaffirs. There are some five examples in Callaway's *Zulu Nursery Tales*. *Night* is the swallower in Melanesia (Codrington, *Journal Anthrop. Inst.* Feb. 1881), while the Sun swallows the stars in a Piute myth. It is quite possible that a savage theory of Night swallowing and restoring Light, or of the Sun swallowing the stars, is the origin of the conception[1]. The Australians tell it in a shape not unlike Grimm's. The Eagle met the Moon and offered him some Kangaroo

[1] Tylor, *Prim. Cult.* i. 338.

meat. The Moon ate up the Kangaroo, and then swallowed the Eagle. The wives of the Eagle met the Moon, who asked them the way to a spring. As he stooped to drink, they cut him open with a stone tomahawk, and extracted the Eagle, who came alive again[1]. In Germany it was with a pair of scissors that the Wolf was cut up, and he was then stuffed with stones (as in Grimm 5, *The Wolf and the Seven Little Kids*). The stones kill him in *Little Red Cap*; in the German tale, their weight drags him into the well, where he, like the Australian Moon, wants to drink after his banquet. In Pomerania a ghost takes the Wolf's *rôle*, the stones are felt to be rather ' heavy ' by the ghost, and the child escapes[2].

The whole story has been compared by M. Husson to the adventure of Vartika, whom the Asvins rescue from the throat of a wolf. Little Red Riding Hood thus becomes the Dawn. Vartika is a bird, the Quail, 'i. e. the returning bird. But as a being delivered by the Asvins, the representatives of Day and Night, Vartika can only be the returning Dawn, delivered from the mouth of the wolf, i. e. the dark night[3].'

It is hard to see why the Night, as one of the Asvins, should deliver the Dawn from the Night, as the Wolf. On the identification of the Asvins with this or that aspect of Light and Darkness, Muir may be consulted. ' This allegorical interpretation seems unlikely to be correct, as it is difficult to suppose that the phenomena in question

[1] Brough Smyth, *Natives of Victoria,* i. p. 432.
[2] Grimm, Note on 5.
[3] Max Müller's *Selected Essays,* i. 565.

should have been alluded to under such a variety of names and circumstances.' (*Sanskrit Texts*, v. 248. Prof. Goldstücker thinks the Asvins are themselves the crepuscular mingling of light and dark, which, in the other theory, is the struggle of quail and wolf, *op. cit.* v. 257. M. Bergaigne supposes that the Asvins are deities of dawn, *La Religion Védique*, ii. 431.)

These considerations lead us far enough from Perrault into 'worlds not realised.' Vartika (who, in these theories, answers to *Le Petit Chaperon Rouge*) has been compared by Mr. Max Müller, not only to the returning Dawn, but to the returning year, *Vertumnus*. He notes that the Greek word for quail is *ortyx*, that Apollo and Artemis were born in Ortygia, an old name of Delos, and that 'here is a real traditional chain.' But ' it would be a bold assertion to say that the story of *Red Riding Hood* was really a metamorphosis of an ancient story of the rosy-fingered Eos, or the Vedic Eos with her red horses, and that the two ends, Ushas and Rothkäppchen, are really held together by an unbroken traditional chain.'

We shall leave the courage of this opinion to M. Husson, merely observing that, as a matter of fact, Dawn is *not* swallowed by Night. Sunset (which is red) is so swallowed, but then sunset is not 'a young maiden carrying messages,' like Red Riding Hood and Ushas. To be sure, the convenient Wolf is regarded by mythologists as ' a representative of the sun or of the night,' at will. He ' doubles the part,' and ' is the useful Wolf,' as the veteran Blenkinsopp, in *Pendennis*, was called 'The useful Blenkinsopp.'

La Barbe Bleue.

Blue Beard.

THE story of Blue Beard, as told by Perrault, is, of all his collection, the most apt to move pity and terror. It has also least of the supernatural. Here are no talking beasts, no fairies, nor ogres. Only the enchanted key is *fée*, or *wakan* as the Algonkins say, that is, possesses magical properties. In all else the story is a drama of daily and even of contemporary life, for Blue Beard has the gilded coaches and embroidered furniture of the seventeenth century, and his wife's brothers hold commissions in the dragoons and musketeers. The story relies for its interest on the curiosity of the wife (the moral motive), on the vision of the slain women, and on the suspense of waiting while Sister Anne watches from the tower. These simple materials, admirably handled, make up the terrible story of *Blue Beard*.

Attempts have been made to find for *Blue Beard* an historical foundation. M. Collin de Plancy mentions a theory that the hero was a seigneur of the house of Beaumanoir (*Œuvres Choisies de Ch. Perrault*, p. 40, Paris, 1826). Others have fancied that Blue Beard was a popular version of the deeds of Gilles de Retz, the too celebrated monster of mediæval history, or of a more or less mythical Breton prince of the sixth century, Cormorus or Comorre, who married Sainte Trophime or Triphime, and killed her, as he had killed his other wives, when she was about to become a mother. She was restored to life by St. Gildas[1]. If there is a trace of the *Blue Beard* story in the legend of the Saint, it does not follow that the legend is the source of the story. The *Märchen* of *Peau d'Ane* has been absorbed into the legend of Sainte Dipne or Dympne, and the names of saints, like the names of gods and heroes in older faiths, had the power of attracting *Märchen* into their cycle.

Blue Beard is essentially popular and traditional. The elements are found in countries where Gilles de Retz and Comorre and Sainte Triphime were never known. The leading idea, of curiosity punished, of the box or door which may not be opened, and of the prohibition infringed with evil results, is of world-wide distribution. In many countries this notion inspires the myths of the origin of Death[2]. In German *Märchen* there are several parallels, more or less close, to *Blue Beard* (Grimm 3, 40, 46). In *Our Lady's Child* (3) the Virgin entrusts a little girl with keys of thirteen doors, of which she may only open

[1] The passages in the legend of Sainte Triphime are quoted by M. Deulin, *Contes de Ma Mère l'Oye*, p. 178. See also *Annuaire Hist. et Arch. de Bretagne*, Année 1862. The Saint has a warning vision of the dead wives, but not in consequence of opening a forbidden door.

[2] A partial collection of these will be found in *La Mythologie*, Lang. Paris 1886. Australians, Ningphos, Greeks (Pandora's box), the Montaguais of Labrador (*Relations de la Nouvelle France*, 1634), the Odahwah Indians (Hind's *Explorations in Labrador*, i. 61, note 2), are examples of races which believe death to have come into the world as the punishment of an infringed prohibition of this sort. The deathly swoon of Psyche, in *The Golden Ass* of Apuleius, when she has opened the pyx of Proserpine, is another instance.

twelve. Behind each door she found an apostle, behind the thirteenth the Trinity, in a glory of flame, like Zeus when he consumed Semele. The girl's finger became golden with the light, as Blue Beard's key was dyed with the blood. The child was banished from heaven, and her later adventures are on the lines of the falsely accused wife, like those of the *Belle au Bois Dormant*, with the Virgin for mother-in-law and with a repentance for a moral conclusion. In the *Robber Bridegroom* there is a girl betrothed to a woman-slayer ; she detects and denounces him, pretending, as in the old English tale, she is describing a dream. 'Like the old tale, my Lord, it is not so, nor 'twas not so ; but indeed God forbid that it should be so [1].' Except for the 'larder' of the Robber, and of Mr. Fox in the English variant, these stories do not closely resemble *Blue Beard*. In Grimm's *Filcher's Bird* (46) the resemblance is closer. A man, apparently a beggar, carries off the eldest of three sisters to a magnificent house, and leaves her with the keys, an egg, and the prohibition to open a certain door. She opens it, finds a block, an axe, a basin of blood, and the egg falling into the blood refuses to be cleansed. The man slays her, her second sister shares her fate, the third leaves the egg behind when she visits the secret room, and miraculously restores her sisters to life by reuniting their limbs. The same idea occurs in the Kaffir tale of the Ox (Callaway, *Nursery Tales of the Zulus*, p. 230). The rest of the story, with the escape from the monster, has no connection with *Blue Beard*, except that the

---

[1] Compare Mrs. Hunt's note to Grimm, i. 389.

wretch is put to death. Indeed, it would have been highly inconvenient for Blue Beard's surviving bride if the dead ladies had been resuscitated. Her legal position would have been ambiguous, and she could not have inherited the gold coaches and embroidered furniture. Grimm originally published another German form of *Blue Beard* (62 in first edition), but withdrew it, being of opinion that it might have been derived from Perrault. The story of the Third Calender in the *Arabian Nights* (Night 66) has nothing in common with Blue Beard but the prohibition to open a door.

In Italy[1] the Devil is the wooer, the closed door opens on hell: the rest, the adventures of three sisters, resembles Grimm's *Filcher's Bird*, with a touch of humour. The Devil, seeing the resuscitated girls, is daunted by the idea of facing three wives, and decamps. He had no scruple, it will be seen, about marrying his deceased wife's sister. The Russian like the Oriental stories generally make a man indulge the fatal curiosity, and open the forbidden door. Mr. Ralston quotes from Löwe's *Esthnische Märchen* (No. 20) a tale almost too closely like Perrault's. There is a sister, and the goose boy takes the *rôle* of rescuer. M. de Gubernatis thinks that the key 'is perhaps the Moon!' (*Zoological Mythology*, 1. 168). In the Gaelic version the heroine is cleansed of blood by a grateful Cat, whose services her sisters had neglected (Campbell, *Tales of West Highlands*, No. 41). In the *Katha Sarit Sagara* (iii. p. 223) a hero, Saktideva, is forbidden to approach a certain palace terrace. He breaks

[1] Crane, p. 78.

the taboo, and finds three dead maidens in three pavilions. A horse then kicks him into a lake, and, whereas he had been in the Golden City, hard to win, he finds himself at home in Vardhamana. The affair is but an incident in the medley of incidents, some resembling passages in the Odyssey, which make up the story (compare Ralston's note, *Russian Fairy Tales*, p. 99).

From these brief analyses it will be plain that, in point of art, Perrault's tale has a great advantage over its popular rivals. It is at once more sober and more terrible, and (especially when compared with the confusion of incidents in the *Katha Sarit Sagara*) possesses an epical unity of idea and action.

In spite of this artistic character, Perrault's tale is clearly of popular origin, as the existence of variants in the folk lore of other countries demonstrates. But the details are so fluctuating, that we need not hope to find in them memories of ancient myth, nor is it safe to follow M. André Lefèvre, when he thinks that, in the two avenging brothers, he recognises the Vedic Asvins.

Le Maistre Chat, ou le Chat Botté.

Puss in Boots.

EVERYBODY knows Puss in Boots. He is, as Nodier says, the Figaro of the nursery, as Hop o' My Thumb is the Ulysses, and Blue Beard the Othello; and thus he is of interest to all children, and to all men who remember their childhood. Ulysses himself did not travel farther than the story of the patron of the Marquis de Carabas has wandered, and few things can be more curious than to follow the Master-Cat in his migrations. For many reasons the history of *Puss in Boots*, though it has been rather neglected, throws a good deal of light on that very dark question, the diffusion of popular tales. As soon as we read it in Perrault, we find that Monsieur Perrault was at a loss for a moral to his narrative. In fact, as he tells it, there is *no* moral to the Master-Cat. Puss is a perfectly unscrupulous adventurer who, for no reason but the fun of the thing, dubs the miller's son marquis, makes a royal marriage for him, by a series of amusing frauds, and finally enriches him with the spoils of a murdered ogre. In the absence of any moral Perrault has to invent one—which does not apply.

> ' Aux jeunes gens pour l'ordinaire,
> L'industrie et le savoir-faire
> Valent mieux que des biens acquis.'

Now the ' young person,' the cat's master, had shown no ' industry ' whatever, except in so far as he was a *chevalier d'industrie*, thanks to his cat. These obvious truths pained Mr. George Cruikshank when he tried to illustrate *Puss in Boots*, and found that the romance was quite unfit for the young. ' When I came to look carefully at that story, I felt *compelled* to rewrite it, and alter the character of it to a certain extent, for, as it stood, the tale was a succession of successful falsehoods—a *clever* lesson in lying, a system of *imposture* rewarded by the greatest worldly advantages. A *useful* lesson, truly, to

e

be impressed upon the minds of children.' So Mr. Cruikshank made the tale didactic, showing how the Marquis
de Carabas was the real heir, 'kep' out of his own' by the
landgrabbing ogre, and how puss was a gamekeeper meta-
morphosed into a cat as a punishment for his repining
disposition. This performance of Mr. Cruikshank was
denounced by Mr. Dickens in *Household Words* as a
'fraud on the fairies,' and 'the intrusion of a whole hog
of unwieldy dimensions into the fairy flower-garden[1].'

The Master-Cat probably never made any child a rogue,
but no doubt his conduct was flagrantly immoral. And
this brings us to one of the problems of the science of
nursery tales. When we find a story told by some peoples
with a moral, and by other peoples *without* a moral, are
we to suppose that the tale was originally narrated for the
moral's sake, and that the forms in which there is *no*
moral are degenerate and altered versions? For example,
the Zulus, the Germans, the French, and the Hindoos
have all a nursery tale in which someone, by a series of
lucky accidents and exchanges, goes on making good
bargains, and rising from poverty to wealth. In French
Flanders this is the tale of *Jean Gogué*; in Grimm it is
The Golden Goose; in Zulu it is part of the adventures of
the Hermes of Zulu myth, Uhlakanyana. In two of these
the hero possesses some trifling article which is injured,
and people give him something better in exchange, till,
like Jean Gogué, for example, he marries the king's

---

[1] George Cruikshank had also turned *Hop o' My Thumb* and
Cinderella into temperance tracts. See Cruikshank's *Fairy
Library*, G. Bell and Sons.

daughter [1]. Now these tales have no moral. The hero is thought neither better nor worse of because of his series of exchanges. But in modern Hindostan the story *has* a moral. The rat, whose series of exchanges at last win him a king's daughter, is held up to contempt as a warning to bargain-hunters. He is not happy with his bride, but escapes, leaving his tail, half his hair, and a large piece of his skin behind him, howling with pain, and vowing that 'never, never, never again would he make a bargain [2].' Here then is a tale told with a moral, and *for* the moral in India, but with no moral in Zululand and France. Are we to suppose that India was the original source of the narrative, that it was a parable invented for the moral's sake, and that it spread, losing its moral (as the rat lost his tail), to Europe and South Africa? Or are we to suppose that originally the narrative was a mere *Schwank*, or popular piece of humour, and that the mild, reflective Hindoo moralised it into a parable or fable? The question may be argued either way; but the school of Benfey and M. Cosquin, holding that almost all our stories were invented in India, should prefer the former alternative.

Now *Puss in Boots* has this peculiarity, that out of France, or rather out of the region influenced by Perrault's

[1] The French version is in M. Charles Deulin's *Contes du Roi Gambrinus*. The German (Grimm, 64) omits the story of the exchanges, but ends like *Jean Gogué*. The Zulu is in Dr. Callaway's *Inzinganekwane*, pp. 38-40.

[2] *Wide-awake Stories.* A collection of tales told by little children, between sunset and sunrise, in the Punjaub and Kashmir. Steel and Temple, London, 1884, p. 26.

version of the history, a moral usually does inform the legend of the Master-Cat, or master-fox, or master-gazelle, or master-jackal, or master-dog, for each of these animals is the hero in different countries. Possibly, then, the story had originally what it sadly lacks in its best-known shape, a moral; and possibly *Puss in Boots* was in its primitive shape (like *Toads and Diamonds*) a novel with a purpose. But where was the novel first invented?

We are not likely to discover for certain the cradle of the race of the Master-Cat—the ' cat's cradle ' of *Puss in Boots*. But the record of his achievements is so well worth studying, because the possible area from which it may have arisen is comparatively limited.

There are many stories known all the world over, such as the major part of the adventures of *Hop o' My Thumb*, which might have been invented anywhere, and might have been invented by men in a low state of savagery. The central idea in *Hop o' My Thumb*, for example, is the conception of a hero who falls into the hands of cannibals, and by a trick makes the cannibal slay, and sometimes eat, his own kinsfolk, mother, or wife, or child, while the hero escapes. This legend is well known in South Africa, in South Siberia, and in Aberdeenshire; and in Greece it made part of the Minyan legend of Athamas and Ino, murder being substituted for cannibalism. Namaquas, in Southern Africa; Eskimo, in Northern America, and Athenians (as Aeschylus shows in the *Eumenides*, 244), are as familiar as Maoris, or any of us, with the ogre's favourite remark, ' I smell the smell of a mortal man.'

Now it is obvious that these ideas—the trick played by

the hero on the cannibal, and the turning of the tables —
might occur to the human mind wherever cannibalism was
a customary peril: that is, among any low savages. It
does not matter whether the cannibal is called a *rakshása*
in India, or an *ogre* in France, or a *weendigo* in Labrador,
the notion is the same, and the trick played by the hero is
simple and obvious [1]. Therefore *Hop o' My Thumb*
may have been invented anywhere, by any people on a low
level of civilisation. But *Puss in Boots* cannot have been
invented by savages of a very backward race or in a really
'primitive' age. The very essence of *Puss in Boots* is
the sudden rise of a man, by aid of a cunning animal,
from the depths of poverty to the summit of wealth and
rank. Undeniably this rise could only occur where there
were great differences of social status, where rank was a
recognised institution, and where property had been amassed
in considerable quantities by some, while others went bare
as lackalls.

These things have been of the very essence of civilisation
(the more's the pity), therefore *Puss in Boots* must have
been invented by a more or less civilised mind; it could
not have been invented by a man in the condition of the
Fuegians or the Digger Indians. Nay, when we consider
the stress always and everywhere laid in the story on
snobbish pride and on magnificence of attire and equip-
ment, and on retinue, we may conclude that *Puss in Boots*
could hardly have been imagined by men in the middle
barbarism; in the state, for example, of Iroquois, or

---

[1] Andree, *Die Anthropophagie*, ' Überlebsel im Volksglauben.'
Leipzig, 1887.

Zulus, or Maoris. Nor are we aware that *Puss in Boots*, in any shape, is found among any of these peoples. Thus the area in which the origin of *Puss in Boots* has to be looked for is comparatively narrow.

Puss in Boots, again, is a story which, in all its wonderfully varying forms, can only, we may assume, have sprung from one single mind. It is extremely difficult to assert with confidence that any plot can only have been invented once for all. Every new successful plot, from *Dr. Jekyl* to *She*, from *Vice Versa* to *Dean Maitland*, is at once claimed for half a dozen authors who, unluckily, did not happen to write *She* or *Dr. Jekyl*. But if there can be any assurance in these matters, we may feel certain that the idea of a story, wherein a young man is brought from poverty to the throne by aid of a match-making and ingenious beast, could only have been invented once for all. In that case *Puss in Boots* is a story which spread from one centre, and was invented by one man in a fairly civilised society. True, he used certain hereditary and established *formulæ*; the notion of a beast that can talk, and surprises nobody (except in the Zanzibar version) by this accomplishment, is a notion derived from the old savage condition of the intellect, in which beasts are on a level with, or superior to, humanity. But we can all use these *formulæ* now that we possess them. Could memory of past literature be wholly wiped out, while civilisation still endured, there would be no talking and friendly beasts in the children's tales of the next generation, unless the children wrote them for themselves. As Sainte-Beuve says, 'On n'inventerait plus aujourd'hui de ces choses, si elles n'avaient été imaginées dès long-temps[1].'

If we are to get any light on the first home of the tale —and we cannot get very much—it will be necessary to examine its different versions. There is an extraordinary amount of variety in the incidents subordinate to the main idea, and occasionally we find a heroine instead of a hero, a Marquise de Carabas, not a marquis. Perhaps the best plan will be to start with the stories near home, and to pursue puss, if possible, to his distant original tree. First, we all know him in English translations, made as early as 1745, if not earlier, of Perrault's *Maître Chat; ou Chat botté*, published in 1696–7. Here his motives are simple fun and friendliness. His master, who owns no other property, thinks of killing and skinning puss, but the cat prefers first to make acquaintance with the king, by aid of presents of game from an imaginary Marquis de Carabas ; then to pretend his master is drowning and has had his clothes stolen (thereby introducing him to the king in a court suit, borrowed from the monarch himself); next to frighten people into saying that the Marquis is their *seigneur* ; and, finally, to secure a property for the Marquis by swallowing an ogre, whom he has induced to assume the disguise of a mouse. This last trick is as old as Hesiod[2], where Zeus persuades his wife to become a fly, and swallows her.

The next neighbour of the French *Puss in Boots* in the north is found in Sweden[3] and in Norway[4]. In the

[1] *Causeries du Lundi*, December 29, 1851.
[2] *Schol. ad. Theog.* 885.
[3] Thorpe's *Palace with Pillars of Gold.*
[4] Dasent's *Lord Peter.*

Swedish, a girl owns the cat. They wander to a castle gate, where the cat bids the girl strip and hide in a tree; he then goes to the castle and says that his royal mistress has been attacked by robbers. The people of the palace attire the girl splendidly, the prince loses his heart to her, the queen-mother lays traps for her in vain. Nothing is so fine in the castle as in the girl's château of Cattenburg. The prince insists on seeing that palace, the cat frightens the peasants into saying that all the land they pass is the girl's; finally, the cat reaches a troll's house, with pillars of gold. The cat turns himself into a loaf of bread and holds the troll in talk till the sun rises on him and he bursts, as trolls always do if they see the sun. The girl succeeds to the troll's palace, and nothing is said as to what became of the cat.

Here is even less moral than in *Puss in Boots*, for the Marquis of Carabas, as M. Deulin says, merely lets the cat do all the tricks, whereas the Swedish girl is his active accomplice. The change of the cat into bread (which can talk), and the bursting of the ogre at dawn, are very ancient ideas, whether they have been tacked later on to the *conte* or not. In *Lord Peter* the heroine gives place to a hero, while the cat drives deer to the palace, saying that they come from Lord Peter. The cat, we are not told how, dresses Lord Peter in splendid attire, kills a troll for him, and then, as in Madame d'Aulnoy's *White Cat*, has its head cut off and becomes a princess. Behold how fancies jump! All the ogre's wealth had been the princess's, before the ogre changed her into a cat, and took her lands. Thus George Cruikshank's moral conclusion is anticipated, while puss acts as a match-maker indeed, but acts for herself. This form of the legend, if not immoral, has no moral, and has been mixed up either with Madame d'Aulnoy's *Chatte Blanche*, or with the popular traditions from which she borrowed.

Moving south, but still keeping near France, we find *Puss in Boots* in Italy. The tale is told by Straparola[1]. A youngest son owns nothing but a cat which, by presents of game, wins the favour of a king of Bohemia. The drowning trick. is then played, and the king gives the cat's master his daughter, with plenty of money. On the bride's journey to her new home, the cat frightens the peasants into saying all the land belongs to his master, for whom he secures the castle of a knight dead without heirs.

Here, once more, there is no moral.

In a popular version from Sicily[2], a fox takes the cat's place, *from motives of gratitude*, because the man found it robbing and did not kill it. The fox then plays the usual trick with the game, and another familiar trick, that of leaving a few coins in a borrowed bushel measure to give the impression that his master does not *count*, but measures out his money. The trick of frightening the peasants follows, and finally, an ogress who owns a castle is thrown down a well by the fox. Then comes in the new feature:

[1] *Piacevoli Notti*, xi. 1, Venice, 1562. Crane's *Italian Popular Tales*, p. 348.

[2] Pitré, No. 188; Crane, p. 127. Gonzenbach, 65, *Conte Piro*. In Gonzenbach, the man does not kill the fox, which pretends to be dead, and is bilked of its promised reward, a grand funeral.

the *man is ungrateful and kills the fox*; nevertheless he lives happy ever after.

Now, at last, we have reached the moral. A beggar on horseback will forget his first friend: *a man will be less grateful than a beast.*

This moral declares itself, with a difference (for the ingrate is coerced into decent behaviour), in a popular French version, taken down from oral recitation [1].

Here, then, even among the peasantry of Perrault's own country, and as near France as Sicily, too, we have *Puss in Boots* with a moral: that of human ingratitude contrasted with the gratitude of a beast. May we conclude, then, that *Puss in Boots* was originally invented as a kind of parable by which this moral might be inculcated? And, if we may draw that conclusion, where is this particular moral most likely to have been invented, and enforced in an apologue?

As to the first of these two questions, it may be observed that the story with the moral, and with a fox in place of a cat, is found among the Avars, a Mongolian people of Mussulman faith, on the northern slopes of the Caucasus. Here the man is ungrateful, but the fox, as in Sicily, coerces him, in this case by threatening to let out the story of his rise in life [2]. In Russia, too, a fox takes the cat's *rôle*, and the part of the ogre is entrusted to the

---

[1] Lou Compaire Gatet, 'Father Cat,' *Revue des Langues Romanes,* iii. 396. See Deulin, *Contes de Ma Mère L'Oye,* p. 205.

[2] *Boukoutchi Khan,* translated into German by Schiefner. *Mémoires de l'Académie de St. Pétersbourg,* 1873. With Dr. Köhler's Notes.

Serpent Uhlan, a supernatural snake, who is burned to ashes[1].

It is now plain that the tale with the moral, whether that was the original motive or not, is more common than the tale without the moral. We find the moral among French, Italians, Avars, Russians; among people of Mahommedan, Greek, and Catholic religion. Now M. Emmanuel Cosquin is inclined to believe that the moral—the ingratitude of man contrasted with the gratitude of beasts,—is Buddhistic. If that be so, then India is undeniably the original cradle of *Puss in Boots*. But M. Cosquin has been unable to find any *Puss in Boots* in India; at least he knew none in 1876, when he wrote on the subject in *Le Français* (June 29, 1876). Nor did the learned Benfey, with all his prodigious erudition, know an Indian *Puss in Boots*[2]. Therefore the proof of this theory, that Buddhistic India may be the real cat's cradle, is incomplete; nor does it become more probable when we actually do discover *Puss in Boots* in India. For in the Indian *Puss in Boots*, just as in Perrault's, *there is no moral at all*, and the notion of gratitude, on either the man's side or the beast's, is not even suggested.

There could scarcely be a more disappointing discovery than this for the school of Benfey which derives our fairy-tales from Buddhism and India. First, the tale which we are discussing certainly did not find a place in the *Pantschatantra*, the *Hitopadesa*, or any other of the early

---

[1] Gubernatis. *Zoological Mythology*, ii. 136. Quoting Afanassieff, iv. 11. Compare a similar snake in Swahili.

[2] *Pantschatantra*, i. 222.

Indian literary collections of *Märchen* which were translated into so many Western languages. Next, the story
does not present itself, for long, to European students of
living Indian folk-lore. Finally, when puss *is* found in
India, where the moral element (if it was the original
element, and if its origin was in Buddhist fancy) should be
particularly well preserved, there is not any moral whatever.

The Indian *Puss in Boots* is called *The Match-making
Jackal*, and was published, seven years after M. Cosquin
had failed to find it, in the Rev. Lal Behari Day's
Folk Tales of Bengal (Macmillan). Mr. Day, of the
Hooghly College, is a native gentleman well acquainted
with European folk-lore. Some of the stories in his
collection were told by a Bengali Christian woman, two
by an old Brahman, three by an old barber, two by a
servant of Mr. Day's, and the rest by another old Brahman. Unluckily, the editor does not say which tales he
got from each contributor. It might therefore be argued
that *The Match-making Jackal* was perhaps told by the
Christian woman, and that she adapted it from *Puss in
Boots*, which she might have heard told by Christians.
Mr. Day will be able to settle this question ; but it must
be plain to any reader of *The Match-making Jackal* that
the story, as reported, is too essentially Hindoo to have
been 'adapted' in one generation. It is not impossible
that a literary Scandinavian might have introduced the
typically Norse touches into the Norse *Puss in Boots*, but
no illiterate woman of Bengal could have made Perrault's
puss such a thoroughly Oriental jackal as the beast in the
story we are about to relate.

There was once a poor weaver whose ancestors had been wealthy men. The weaver was all alone in the world, but a neighbouring jackal, 'remembering the grandeur of the weaver's forefathers, had compassion on him.' This was pure sentiment on the jackal's part; his life had not been spared, as in some European versions, by the weaver. There was no gratitude in the case. 'I'll try to marry you,' said the jackal, off-hand, 'to the daughter of the king of this country.' The weaver said, 'Yes, when the sun rises in the west.' But the jackal had his plan. He trotted off to the palace, many miles away, and on the road he plucked quantities of the leaves of the betel plant. Then he lay down at the entrance of the tank where the princess bathed twice a day, and began ostentatiously chewing betel-leaves. 'Why,' said the princess, 'what a rich land this jackal must have come from. Here he is chewing betel, a luxury that thousands of men and women among us cannot afford.' The princess asked the jackal whence he came, and he said he was the native of a wealthy country. 'As for our king, his palace is like the heaven of Indra; your palace here is a miserable hovel compared to it.' So the princess told the queen, who at once, and most naturally, asked the jackal if his king were a bachelor. 'Certainly,' said the jackal, 'he has rejected princesses from all parts.' So the queen said *she* had a pretty daughter, still *zu haben*, and the jackal promised to try to persuade his master to think of the princess. The jackal returned on his confidential mission, telling the weaver to follow his instructions closely. He went back to court, and suggested that his

master should come in a private manner, not in state, as
his retinue would eat up the substance of his future father-
in-law. He returned and made the weaver borrow a
decent suit of clothes from the washermen. Then he
made interest with the king of the jackals, the paddy-birds,
and the crows, each of whom lent a contingent of a
thousand beasts or birds of their species. When they
had all arrived within two miles of the palace, the jackal
bade them yell and cry, which they did so furiously that
the king supposed an innumerable company of people were
attending his son-in-law. He therefore implored the
jackal to ask his master to come quite alone. 'My master
will come alone in undress,' said the jackal; 'send a
horse for him.' This was done, and the jackal explained
that his master arrived in mean clothes that he might not
abash the king by his glory and splendour. The weaver
held his tongue as commanded, but at night his talk was
of looms and beams, and the princess detected him. The
jackal explained that his philanthropic prince was establish-
ing a colony of weavers, and that his mind ran a good
deal on this benevolent project.

Here the *Puss in Boots* character of the tale disappears.
The weaver and the princess go home, but the jackal does
not cajole anyone out of a castle and lands. He has made
the match, and there he leaves it. The princess, however, has
fortunately a magical method of making gold, by virtue of
which she builds the weaver a splendid palace, and 'hospitals
were established for diseased, sick, and infirm animals,' a
very Indian touch. The king visits his daughter, is astonished
at her wealth, and the jackal says, 'Did I not tell you so?'

Here, as we said, there is no moral, or if any moral, it is the gratitude of man, as displayed in founding hospitals for beasts, not, as M. Cosquin says, ' l'idée toute bouddhique de l'ingratitude de l'homme opposée à la bonté native de l'animal.' Plainly, if any moral was really intended, it was a satire on people who seek great marriages, just as in the story of *The Rat's Wedding*, the moral is a censure on bargain-hunters.

The failure of the only Indian *Puss in Boots* we know to establish a theory of an Indian origin, does not, of course, prove a negative. We can only say that puss certainly did not come from India to Europe by the ordinary literary vehicles, and that, when he is found in India, he does not preach what is called the essentially Buddhist doctrine of the ingratitude of man and the gratitude of beasts.

There remains, however, an Eastern form of the tale, an African version, which is of morality all compact. This is the Swahili version from Zanzibar, and it is printed as *Sultan Darai*, in Dr. Steere's *Swahili Tales, as told by Natives of Zanzibar* (Bell and Daldy, London, 1870). If a tale first arose where it is now found to exist with most moral, with most didactic purpose, then *Puss in Boots* is either Arab or Negro, or a piece in which Negroes and Arabs have collaborated. For nowhere is the *conte* so purposeful as among the Swahilis, who are by definition ' men of mixed Negro and Arab origin.' There may be Central African elements in the Swahili tales, for most of them have ' sung parts,' almost unintelligible even to the singers. ' I suppose,' says Dr. Steere, ' they have been brought down from the interior by the slaves, and perhaps corrupted by them as they gradually forgot their own language.' Thus Central Africa may have contributed to the Swahili stories, but the Swahili *Puss in Boots*, as it at present exists, has been deeply modified by Mussulman ideas.

Sultan Darai, the Swahili *Puss in Boots*, really contains two tales. The first is about a wicked step-mother; the second begins when the hero, losing his wife and other kinsfolk, takes to vicious courses, and becomes so poor that he passes his time scratching for grains of millet on the common dustheap. While thus scratching he finds a piece of money, with which he buys a gazelle. The gazelle has pity on him, and startles him by saying so: 'Almighty God is able to do all things, to make me to speak, and others more than I.' The story comes, therefore, through narrators who marvel, as in the fairy world nobody does marvel, at the miracle of a speaking beast.

The gazelle, intent on helping the man, finds a splendid diamond, which he takes to the sultan, just as puss took the game, as 'a present from Sultan Darai.' The sultan is much pleased; the gazelle proposes that he shall give his daughter to Sultan Darai, and then comes the old trick of pretending the master has been stripped by robbers, 'even to his loin-cloth.' The gazelle carries fine raiment to his master, and, as in the French popular and traditional form, bids him speak as little as may be. The marriage is celebrated, and the gazelle goes off, and kills a great seven-headed snake, which, as in Russia, is the owner of a rich house. The snake, as he travels, is accompanied (as in the Kaffir story of *Five Heads*) by a storm of wind, like that which used to shake the 'medicine lodges' of the North American Indians, puzzling the missionaries. The snake, like the ogre in all *Hop o' My Thumb* tales, smells out the gazelle, but is defeated by that victorious animal. The gazelle brings home his master, Sultan Darai, and the Princess to the snake's house, where they live in great wealth and comfort.

Now comes in the moral: the gazelle falls sick, Sultan Darai refuses to see it, orders coarse food to be offered it; treats his poor benefactor, in short, with all the arrogant contempt of an ungrateful beggar suddenly enriched. As the ill-used cat says in the *Pentamerone*—

De riche appauvri Dieu te gard'
Et de croquant passé richard!

Finally the gazelle dies of sorrow, and Sultan Darai dreams that he is scratching on his old dustheap. He wakens and finds himself there, as naked and wretched as ever, while his wife is wafted to her father's house at home.

The moral is obvious, and the story is told in a very touching manner, moreover all the world takes the side of the gazelle, and it is *mourned with a public funeral.*

Here, then, in Zanzibar we have decidedly the most serious and purposeful form of *Puss in Boots.* It is worth noting that the animal hero is *not* the Rabbit who is the usual hero in Zanzibar as he is in Uncle Remus's tales. It is also worth noticing that a certain tribe of Southern Arabians do, as a matter of fact, honour all dead gazelles with seven days of public mourning. 'Ibn al-

f

Moghâwir,' says Prof. Robertson-Smith, in *Kinship in Early Arabia* (p. 195), 'speaks of a South Arab tribe called Beni Hârith or Acârib, among whom if ¯a dead gazelle was found, it was solemnly buried, and the whole tribe mourned for it seven days. . . . The gazelle supplies a name to a clan of the Azd, the Zabyân.' Prof. Robertson-Smith adds (p. 204), 'And so when we find a whole clan mourning over a dead gazelle, we can hardly but conclude that when this habit was first formed, they thought that they were of the gazelle-stock' or Totem kindred.

It is quite possible that all these things are mere coincidences. Certainly we shall not argue, because the most moral form of *Puss in Boots* gives us a gazelle in place of a cat, and because a certain Arab clan mourns gazelles, while the gazelle-hero is found in the story of a half-Arab race, that, therefore, the Swahili gazelle story is the original form of *Puss in Boots*, and that from Arabia the tale has been carried into Russia, Scandinavia, Italy, India, and France, often leaving its moral behind it, and always exchanging its gazelle for some other beast-hero.

This kind of reasoning is only too common, when the object is to show that India was the birthplace of any widely diffused popular fiction. In India, people argue, this or that tale has a moral. Among Celts and Kamschatkans it has *no* moral. But certain stories did undeniably come from India in literary works, like the stories of Sindibad. Therefore this or that story also came from India, dropping its moral on the way. Did we like this sort of syllogism, we might boldly assert that *Puss in*

Boots was originally a heroic myth of an Arab tribe with a gazelle for Totem. But we like not this kind of syllogism. The purpose of this study of *Puss in Boots* is to show that, even when a tale has probably been invented but once, in one place, and has thence spread over a great part of the world, the difficulty of finding the original centre is perhaps insuperable. At any time a fresh discovery may be made. Puss *may* turn up in some hitherto unread manuscript of an old missionary among Mexicans or Peruvians [1].

Les Fées.

Toads and Diamonds.

THE origin of this little story is so manifestly moral, that there is little need to discuss it. A good younger sister behaves kindly to a poor old woman, who, being a fairy, turns all her words into flowers and diamonds.

[1] The work of M. Cosquin's referred to throughout is his valuable *Contes de Lorraine*, Paris, 1886. A crowd of *Puss in Boots* stories are referred to by Dr. Köhler in Gonzenbach's *Sicilianische Märchen*, ii. 243 (Leipzig, 1870). They are Finnish, Bulgarian, Russian, and South Siberian. The Swahili and Hindu versions appear to have been unknown, in 1870, to Dr. Köhler. In 1883, Mr. Ralston, who takes the Buddhist side, did not know the Indian version (*Nineteenth Century*, Jan. 1883).

f 2

The wicked elder sister treats the fairy with despite : *her* words become toads and serpents, and the younger marries a king's son.

The preference shown to the youngest child is discussed in the note on Cinderella. M. Deulin asks whether *Toads and Pearls* is connected with the legend of Latona (Leto) and the peasants whom she changed into frogs, for refusing to allow her to drink[1]. Latona really wished to bathe her children, and the two narratives have probably no connection, though rudeness is punished in both. Nor is there a closer connection with the tales in which tears (like the tears of Wainamoinen in the *Kalewala*) change into pearls. It is an obvious criticism that the elder girl should have met the fairy first; she was not likely to behave so rudely when she knew that politeness would be rewarded. The natural order of events occurs in Grimm's *Golden Goose* (64), where the eldest and the second son refuse to let the old man taste their cake and wine. Here, as in a tale brought by M. Deulin from French Flanders, the polite youngest son, by virtue of a Golden Goose, makes a very serious princess laugh, and wins her for his wife. Turning on a similar moral conception Grimm's *Mother Holle* (24) is infinitely better than *Les Fées*. The younger daughter drops her shuttle down a well; she is sent after it, and reaches a land where apples speak and say, 'Shake us, we are all ripe.' She does all she is asked to do, and makes Mother Holle's feather-bed so well that the feathers (snow-flakes) fly about the world. She goes home covered with golden wages, and her elder

[1] Antoninus Liberalis, xxxv.

sister follows her, but not her example. She insults the apples, is lazy at Mother Holle's, and is sent home covered with pitch. Grimm gives many variants. Mlle. L'Heritier amplifies the tale in her *Bigarrures* (1696). The story begins to be more exciting, when it is combined, as commonly happens, with that of the substituted bride. It is odd enough that the Kaffirs have the incident of the good and bad girl, the bad girl laughs at the trees, as in Grimm's she mocks the apples (Theal, *Kaffir Folklore*, p. 49). This tale (in which there is no miracle of uttering toads or pearls) diverges into that of the *Snake Husband*, a rude *Beauty and the Beast*. The Zulus again have the story of the substituted bride ('Ukcombekcantsini,' Callaway's *Nursery Tales of the Zulus*, Natal, 1868). The idea recurs in Theal's Kaffir Collection (p. 136); in both cases the substituted bride is a beast. In Scotland the story of the *Black Bull o'Norroway* contains the incident of the substituted bride. The Kaffirs, in *The Wonderful Horns*, have a large part of that story, but without the substituted bride, who, in Europe, occasionally attaches herself as a sequel to *Toads and Diamonds*. This is illustrated especially in Grimm's *Three Dwarfs in the Wood* (13), where the good girl's speech is made literally golden. The bad girl, who speaks toads, marries the king's son who loves the good girl. Fragments of verse, in which the good girl tries to warn her husband, resemble those in the *Black Bull o'Norroway*. The tale is complicated by the metamorphosis of the true bride (no great change her lover would say) into 'a little duck.' She regains her shape when a sword is swung over her.

The bad girl is tortured like Regulus. This is *Bushy-bride* in Dasent's *Tales from the Norse.*

There seems to be no reason why the adventure of the good and bad sisters should merge in the formula of the substituted bride, more than in the adventure of the princess accused of bearing bestial children, or in any other. Probably Perrault felt this, and, having made his moral point, was content to do without the sequel.

Les Fées is interesting then, first, as an example of a moral idea illustrated in tales even in South Africa, and, secondly (in its longer and more usual form), as an example of the manner in which any story may glide into any other. All the incidents of popular tales, like the bits of glass in a kaleidoscope, may be shaken into a practically limitless number of combinations.

CENDRILLON.

Cinderella.

THE story of Cinderella (*Cendrillon, Cucendron, Cendreusette, Sainte Rosette*) is one of the most curious in the history of *Märchen.* Here we can distinctly see how the taste and judgment of Perrault altered an old and barbarous detail, and there, perhaps, we find the remains of a very ancient custom.

There are two points in *Cinderella*, and her cousin *Peau d'Ane*, particularly worth notice. First, there is the process by which the agency of a *Fairy Godmother* has been substituted for that of a *friendly beast*, usually a connection by blood-kindred of the hero or heroine. Secondly, there is the favouritism shown, in many versions, to the *youngest child*, and the custom which allots to this child a place by the hearth or in the cinders (*Cucendron*).

Taking the first incident, the appearance in Perrault of a Fairy Godmother in place of a *friendly beast*, we may remark that this kind of change is always characteristic of the promotion of a story. Just as Indian 'aboriginal' tribes cashier their beast-ancestors ('Totems') in favour of a human ancestor of a similar name, when they rise in civilisation, so the *rôles* which are filled by beasts in savage *Märchen* come to be assigned to men and women in the *contes* of more cultivated people [1]. In Cinderella, however, the friendly beast holds its own more or less in nearly all European versions, except in those actually derived from Perrault. In every shape of the story known to us, the beast is a *domesticated animal*. Thus it will not be surprising if no native version is found in America, where animals, except dogs, were scarcely domesticated at all before the arrival of Europeans.

In examining the incident of the friendly and protecting beast, it may be well to begin with a remote and barbarous version, that of the Kaffirs. Here, as in other cases, we may find one situation in a familiar story divorced from those which, as a general rule, are in its company. Theorists may argue either that the Kaffirs borrowed from

[1] H. H. Risley, *Asiatic Quarterly*, Number III. 'Primitive Marriage in Bengal.'

Europeans one or two incidents out of a popular form of *Cinderella*, or that they happen to make use of an opinion common to most early peoples, the belief, namely, in the superhuman powers of friendly beast-protectors. As to borrowing, Europeans and Kaffirs have been in contact, though not very closely, for two hundred years. No one, however, would explain the Kaffir custom of daubing the body with white clay, in the initiatory rites, as derived from the similar practice of the ancient Greeks[1]. Among the neighbouring Zulus, Dr. Callaway found that *Märchen* were the special property of the most conservative class, —the old women. 'It is not common to meet with a man who is willing to speak of them in any other way than as something which he has some dim recollection of having heard his grandmother relate[2].' Whether the traditional lore of savage grandmothers is likely to have been borrowed from Dutch or English settlers is a question that may be left to the reader.

The tale in which the friendly beast of European folk-lore occurs among the Kaffirs is *The Wonderful Horns*[3]. As among the Santals (an ' aboriginal ' hill-tribe of India) we have a hero, not a heroine. 'There was once a boy whose mother that bore him was dead, and who was illtreated by his other mothers,' the Kaffirs being polygamous. He rode off on an ox given him by his father. The ox fought a bull and won. Food was

---

[1] Demosth. *De Corona*, 313, Harpocration, ἀπομάττειν. Theal, *Kaffir Folk Lore*, p. 22.

[2] *Izinganekwane*, p. 1.

[3] Theal, p. 158.

supplied out of his right horn, and the 'leavings' (as in the *Black Bull o' Norroway*) were put into the left horn. In another fight the ox was killed, but his horns continued to be a magical source of supplies. A new mantle and handsome ornaments came out of them, and by virtue of this fairy splendour he won and wedded a very beautiful girl.

Here, it may be said, there is nothing of *Cendrillon*, except that rich garments, miraculously furnished, help to make a marriage ; and that the person thus aided was the victim of a stepmother. No doubt this is not much, but we might sum up *Cendrillon* thus. The victim of a step-mother makes a great marriage by dint of goodly garments supernaturally provided.

In *Cendrillon* the *recognition* (ἀναγνώρισις) makes a great part of the interest. There is no ἀναγνώρισις in the Kaffir legend, which is very short, being either truncated or undeveloped.

Let us now turn to the Santals, a remote and shy non-Aryan hill-tribe of India. Here we find the ἀναγνώρισις, but in a form not only disappointing but almost cynical[1].

In the Santal story we have the cruel Stepmother, the hero,—not a heroine, but a boy,—the protecting and friendly Cow, the attempt to kill the Cow, the Flight, the great good-fortune of the hero, the Princess who falls in love with a lock of his hair, which is to play the part of Cinderella's glass slipper in the ἀναγνώρισις, and, finally, a cynically devised accident, by which the beauty of the

[1] *Indian Evangelical Review*, Oct. 1886. The collector is Mr. A. Campbell.

hair is destroyed, and the hero's chance of pleasing the
princess perishes. It will be noticed that the use of a
lock of hair floating down a river, to be fallen in love with
and help the _dénouement_, is found, first, in the Egyptian
conte of the _Two Brothers_, written down in the reign of
Ramses II., fourteen hundred years before our era.

In that story, too, the hero has a friendly cow, which
warns him when he is in danger of being murdered. But
the Egyptian story has no other connection with _Cendril-
lon_[1]. The device of a floating lock of hair is not uncom-
mon in Bengali _Märchen._

From the Santals let us turn to another race, not so
remote, but still non-Aryan, the Finns[2]. That the
Santals borrow _Märchen_ from their Hinduised aboriginal
neighbours is not certain, but is perfectly possible and
even probable. Though some theorists have denied that
races borrow nursery tales from each other, it is certain
that Lönnrot, writing to Schiefner in 1855, mentions a
Finnish fisher who, meeting Russian and Swedish fishers,
' swopped stories ' with them when stormy weather made
it impossible to put to sea[3]. No doubt similar borrowings
have always been going on when the peasantry on the
frontiers met their neighbours, and where Kaffirs have
taken Hottentot wives, or Sidonians have carried off Greek
children as captives, in fact, all through the national and
tribal meetings of the world[4].

[1] Maspero, _Contes Egyptiens_, p. 4.
[2] _Finnische Märchen_, übersetzt von Emmy Schreck. Weimar,
1887.
[3] Gustav Meyer, _op. cit._ p. xix.
[4] Theal, _op. cit._ p. 3.

The Wonderful Birch (Emmy Schreck, ix.) is a form of *Cinderella* from Russian Carelia. The story has a singularly dramatic and original opening. A man and his wife had but one daughter, and one Sheep. The Sheep wandered away, the woman sought him in the woods, and she met a witchwife. The witchwife turned the woman into the semblance of the Sheep, and herself took the semblance of the woman. She went to the woman's house, where the husband thought he was welcoming his own wife and the sheep that was lost. The new and strange stepmother demanded the death of the Sheep, which was the real mother of the heroine. Warned by the Sheep, a black sheep, the daughter did not taste of her flesh, but gathered and buried the bones and fragments. Thence grew a beautiful birch tree. The man and the witchwife went to court, the witchwife leaving the girl to accomplish impossible tasks. The voice of the dead mother from the grave below the birch bade the girl break a twig from the tree, and therewith accomplish the tasks. Then out of the earth came beautiful raiment (as in *Peau d'Ane*), and the girl dressed, and went to court. The Prince falls in love with her, and detects her by means of her ring, which takes the part of the slipper. Then comes in the frequent formula of a false bride substituted by the witchwife, a number of trials, and the punishment of the witch.

Here, then, the friendly beast is but the Mother surviving in two shapes, first as a sheep, then as a tree, exactly the idea of the ancient Egyptian story of the *Two Brothers*, where Bitiou first becomes a bull, and then a persea tree[1]. In Finnish the Cinderella plot is fully developed. A similar tale, still with the beast in place of the Fairy Godmother, is quoted by Mr. Ralston from the Servian (*Vuk Karajich*, No. 32). Three maidens were spinning near a cleft in the ground, when an old man warned them not to let their spindles fall into the cleft, or their mother would be changed into a cow. Mara's spindle fell in, and the mother instantly shared the fate of Io. Mara tended the cow that had been her mother lovingly, but the father married again, and the new wife drove Mara to dwell among the cinders (*pepel*), hence she was called *Pepelluga*, cinderwench[2]. The cruel Servian stepmother had the cow slain, but not before it had warned Mara to eat none of the kindred flesh[3], and to bury the bones in the ashes of the hearth. From these bones sprang two white doves, which supplied Mara with splendid raiment, and, finally, won for her the hand of the prince, after the usual incidents of the lost slipper, the attempt to substitute the stepmother's ugly daughter, and the warning of the fowls, ' Ki erike, the right maiden is under the trough.'   ·

In a modern Greek variant (Hahn, ii.), the Mother (not in vaccine form) is eaten by her daughters, except the

---

[1] Compare the revived Ox. Callaway, *Zulu Nursery Tales*, p. 230; The *Edda*, Mallet, p. 436; *South African Folk Lore Journal*, March, 1880; Aschenpüttel (The Dove and the Hazel tree), Grimm, 21.

[2] In the Catalan version *Veniafochs*, fire-lighter, Italian *Cenerentola*. Deulin *Contes de Ma Mère l'Oye*, pp. 265, 266. In Emmy Schreck the Finnish girl is *Aschenbrödel*, and foul with ashes.

[3] Exophagy.

youngest, who refuses the hideous meal. The dead woman magically aids the youngest from her tomb, and the rest follows as usual, the slipper playing its accustomed part.

In Gaelic a persecuted stepdaughter is aided by a Ram. The Ram is killed, his bones are buried by his *protégée*, he comes to life again, but is lame, for his bones were not all collected, and he plays the part of Fairy Godmother[1].

Turning from the Gaelic to the Lowland Scotch, we find *Rashin Coatie* as a name under which either *Peau d'Ane* or *Cendrillon* may be narrated. We discovered Cendrillon as *Rashin Coatie*, in Morayshire[2]. Here a Queen does not become a *cow*, indeed, but dies, and leaves to her daughter a *Red Calf*, which aids her, till it is slain by a cruel stepmother.

The dead calfy said
> *Tak me up, bane by bane*
> *And pit me aneth yon grey stane,*

and whatever you want, come and seek it frae me, and I will give you it.

The usual adventures of Cinderella ensue, the birds denouncing the False Bride, whose foot is pinched to make it fit the 'beautiful satin slipper' of the heroine.

---

[1] This is the *Mouton* of Madame D'Aulnoy, but *he* is a prodigiously courtly creature, and becomes the *Beast* who half dies for love and is revived by a kiss. 'Un joli Mouton, brebis doux, bien caressant, ne laisse pas de plaire, surtout quand on scait qu'il est roi, et que la métamorphose doit finir.' But the heroine came too late, and the gallant *Mouton* expired.

[2] *Revue Celtique*, vol. iii. p. 365.

In most of these versions the heroine is aided by a beast, and even when that beast is dead, it continues helpful, in one case actually coming to life again, like the ox in the South African *Märchen*[1].

In all these thoroughly popular and traditional tales, the supernatural machinery varies much from that of Perrault, who found *Peau d'Ane* 'difficile à croire.' But, in all the wilder tales, the machinery is exactly what we note in the myths and actual beliefs of the lower races. *They* do not shrink from the conception of a mother who becomes a cow (like Io), nor of a cow (as in the case of Heitsi Eibib among the Hottentots), who becomes the mother of human progeny. It is not unlikely that the Scotch mother, in *Rashin Coatie*, who bequeathes to her daughter a wonder-working calf (a cow in Sicily, Pitré, 41), is a modification of an idea like that of the cannibal Servian variant[2]. Then the *Mouton* of Madame d'Aulnoy seems like a courtly survival of the Celtic *Sharp Grey Sheep* mixed with the *donnée* of *Beauty and the Beast*[3]. The notion of helpful animals makes all the 'Manitou' element in Red Indian religion, and is common in

[1] In the Scandinavian *Katie Wooden cloak* the buried bull does all for Katie that the Ram, or Cow, or Calf, or Fairy Godmother does for the other Cinderellas.

[2] Herr Köhler quotes M. Luzel's *Chat Noir*, a Breton tale, in which a stepmother kills a cow that befriends Yvonne. Within the dead cow were found two golden slippers. Then comes in the formula of the False Bride (*Rev. Celtique*, 1870, p. 373).

[3] Among the Basutos this happens in ' The Murder of Maciloniane.' Casalis, p. 309: 'The bird was the heart of Maciloniane.'

Australia. The helpful calf, or sheep, bequeathed by the dying mother, reminds one of the equally helpful, but golden Ram, which aids Phrixus and Helle against their stepmother, after the death or deposition of their mother Nephele. This Ram also could speak,—

ἀλλὰ καὶ αὐδὴν
ἀνδρομένην προέηκε κακὸν τέρας[1].

This recalls not only the Celtic *Sharp Grey Sheep*, but also Madame d'Aulnoy and her princess, ' je vous avoue que je ne suis pas accoutumée à vivre avec les moutons qui parlent.'

The older rural and popular forms of *Cinderella*, then, are full of machinery not only supernatural, but supernatural in a wild way: women become beasts, mothers are devoured by daughters (a thing that even Zulu fancy boggles at), life of beast or man is a separable thing, capable of continuing in lower forms. Thus we may conjecture that the ass's skin worn by *Peau d'Ane* was originally the hide of a beast helpful to her, even connected, may be, with her dead mother, and that the ass, like the cow, the calf, the sheep, and the doves of *Märchen*, befriended her, and clothed her in wondrous raiment.

For all these antique marvels Perrault, or the comparatively civilised tradition which Perrault followed, substituted, in *Peau d'Ane*, as in *Cendrillon*, the Christian conception of a Fairy Godmother. This substitute for more ancient and less *speciosa miracula* is confined to

[1] Apoll. Rhod. i. 256. The story of Athamas is an ingenious medley of *Märchen*, including, as will be shown, part of *Hop o' my Thumb*.

Perrault's tales, and occurs nowhere in purely traditional *Märchen.* In these as in the widely diffused ballad of the *Re-arisen Mother*—

> 'Twas late in the night and the bairns grat,
> The Mother below the mouls heard that,—

the idea of a Mother's love surviving her death inspires the legend, and, despite savage details, produces a touching effect (Ralston, *Nineteenth Century,* Nov. 1879, p. 839).

Another notable point in *Cinderella* is the preference shown, as usual, to the youngest child. Cinderella, to be sure, is a stepchild, and therefore interesting; but it is no great stretch of conjecture to infer that she may have originally been only the youngest child of the house. The nickname which connects her with the fireside and the ashes is also given, in one form or another, to the youngest son (Sir George Dasent, for some reason, calls him 'Boots') in Scandinavian tales. Cinderella, like the youngest son, is taunted with sitting in the ashes of the hearth. This notion declares itself in the names Cucendron, Aschenpüttel, Ventafochs, Pepelluga, Cernushka [1], all of them titles implying blackness, chiefly from contact with cinders. It has frequently been suggested that the success of the youngest child in fairy tales is a trace of the ideas which prevailed when *Jüngsten-Recht,* 'Junior-Right' or Borough English, was a prevalent custom of inheritance [2]. The invisible Bridegroom, of the Zulu *Märchen,* is in hiding under a snake's skin, because he was the youngest, and his

---

[1] Gubernatis, *Zoolog. Myth.* ii. 5.
[2] A Zulu tale in Callaway, pp. 64, 65, is proof that this was once the Zulu custom.

jealous brethren meant to kill him, for he would be the heir. It was therefore the purpose of his brethren to slay the young child in the traditional Zulu way, that is, to avoid the shedding of 'kindred blood' by putting a clod of earth in his mouth. Bishop Callaway gives the parallel Hawaian case of Waikelenuiaiku. The Polynesian case of Hatupati is also adduced. In Grimm's *Golden Bird* the jealousy is provoked, not by the legal rights of the youngest, but by his skill and luck. The idea of fraternal jealousy, with the 'nice opening for a young man,' which it discovered (like Joseph's brethren) in a pit, occurs in Peruvian myth as reported by Cieza de Leon (*Chronicles of the Yncas*, Second Part). The diffusion of *Jüngsten-Recht*, or *Maineté*, the inheritance by the youngest, has been found by Mr. Elton among Ugrians, in Hungary, in Slavonic communities, in Central Asia, on the confines of China, in the mountains of Arracan, in Friesland, in Germany, in Celtic countries. In Scandinavia Liebrecht adduces the Edda, '*der jüngste Sohn Jarl's der erste König ist.*' Albericus Trium Fontium mentions Prester John, 'qui cum fratrum suorum minimus esset, omnibus praepositus est.' In Hesiod we meet *droit de juveignerie,* as he makes Zeus the *youngest* of the Cronidae, while Homer, making Zeus the eldest, is all for primogeniture (Elton, *Origins of English History*, ch. viii. Liebrecht, *Zur Volkskunde*).

The authorities quoted raise a presumption that *Jüngsten-Recht,* an old and widely diffused law, might have left a trace on myth and *Märchen.* If *Jüngsten-Recht* were yielding place to primogeniture, if the elders were using

their natural influence to secure advantages, then the
youngest child, still heir by waning custom, would doubtless
suffer a good deal of persecution.   It may have been in
this condition of affairs that the myths of the brilliant
triumph of the rightful but despised heir, Cinderella, or
Boots, were developed.

On the other hand, it is obvious that the necessities
of fiction demand examples of *failure* in the adventures,
to heighten the effect of the final success.   Now the
failures might have begun with the youngest, and the
eldest might be the successful hero.   But that would have
reversed the natural law by which the eldest goes first out
into danger.   Moreover, the nursery audience of a *conte de
nourrice* is not prejudiced in favour of the Big but of the
Little Brother.

These simple facts of everyday life, rather than some
ancient custom of inheritance, may be the cause of the
favouritism always shown to the youngest son or daughter.
(Compare Ralston, *Russian Folk Tales*, p. 81.   The
idea of jealousy of the youngest brother, mixed up with
a miscellaneous assortment of *motifs* of Folk-tales, occurs
in *Katha-sarit-sagara*, ch. xxxix.)

Against the notion that the successful youngest son or
daughter of the *contes* is a descendant of the youngest
child who is heir by *droit de juveignerie*, it has been
urged that the hero, if the heir, would ' not start from
the dust-bin and the coal-hole.'   But if his heirship were
slipping from him, as has been suggested, the ashes of the
hearth are just what he *would* start from.   The 'coal-hole,'
of course, is a modern innovation.   The hearth is the

, recognised legal position of the youngest child in Gavel-kind. ' Et la mesuage seit autreci entre eux departi, mes le ASTRE demorra al puné (ou al punée)[1].' In short, 'the Hearth-place shall belong to the youngest,' and as far as forty feet round it. After that the eldest has the first choice, and the others in succession according to age. The Custumal of Kent of the thirteenth century is the authority.

These rules of inheritance show, at least (and perhaps at most), a curious coincidence between the tales which describe the youngest child as always busy with the hearth, and the custom which bequeaths the hearth (*astre*) to the youngest child. To *prove* anything it would be desirable to show that this rule of Gavel-kind once prevailed in all the countries where the name of the heroine corresponds in meaning to *Cendrillon*.

The attention of mythologists has long been fixed on the *slipper* of Cinderella. There seems no great mystery in the Prince's proposal to marry the woman who could wear the tiny *mule*. It corresponds to the advantages which, when the hero is a man, attend him who can bend the bow, lift the stone, draw the sword, or the like. In a woman's case it is beauty, in a man's strength, that is to be tested. Whether the slipper were of *verre* or of *vair* is a matter of no moment. The slipper is of red satin in Madame d'Aulnoy's *Finette Cendron*, and of satin in *Rashin Coatie*. The Egyptian king, in Strabo and Ælian, merely concluded that the loser of the slipper must be a pretty woman, because she certainly had a pretty foot.

[1] Elton, *op. cit.*, p. 190.

g 2

The test of fitting the owner recurs in *Peau d'Ane*, where a ring, not a slipper, is the object, as in the Finnish *Wonderful Birch tree.*

M. de Gubernatis takes a different view of Cinderella's slipper. The Dawn, it appears, in the Rig Veda is said to leave no footsteps behind her (*apad*). This naturally identifies her with Cinderella, who not only leaves footsteps, probably, but one of her slippers. M. de Gubernatis reasons that *apad* 'may mean, not only she who has no feet, but also she who has no footsteps . . . or again, she who has no slippers, the aurora having, as it appears, lost them. . . . The legend of the lost slipper . . . seems to me to repose entirely upon the double meaning of the word *apad*, *i.e.* who has no foot, or what is the measure of the foot, which may be either the footstep or the slipper . . .' (*Zoolog. Myth.* i. 31). M. de Gubernatis adds that 'Cinderella, when she loses the slipper, is overtaken by the prince bridegroom.' The point of the whole story lies in this, of course, that she is *not* overtaken. Had she been overtaken, there would have been no need for the trial with the slipper (*op. cit.* i. 161). M. de Gubernatis, in this passage, makes the overtaking of Cinderella serve his purpose as proof; on p. 31 he derives part of his proof from the statement (correct this time) that Cinderella is *not* overtaken, 'because a chariot bears her away.' Another argument is that the dusky Cinderella is only brilliantly clad 'in the Prince's ball-room, or in church, in candle-light, and near the Prince,—the aurora is beautiful only when the sun is near.' Is the sun the candle-light, and is the Prince also the sun? If a lady

is only *belle à la chandelle*, what has the Dawn to do with
that?

· M. André Lefèvre calls M. de Gubernatis's theory
quelque peu aventureuse (*Les Contes de Charles Perrault*,
p. lxxiv), and this cannot be thought a severe criticism.
If we supposed the story to have arisen out of an epithet
of Dawn, in Sanskrit, the other incidents of the tale, and
their combination into a fairly definite plot, and the wide
diffusion of that plot among peoples whose ancestors
assuredly never spoke Sanskrit, would all need explanation.

In Perrault's *Cinderella* we have not the adventure
of the False or Substituted Bride, which usually swells
out this and many other *contes*, and which, indeed, is
apparently brought in by popular *conteurs*, whenever the
tale is a little short. Thus it frequently winds up the
story which Perrault gives so briefly as *Les Fées*. Among
the Zulus[1], the Birds of the Thorn country warn the
bridegroom that he has the wrong girl,—she is a beast
(*mbulu*) in Zululand. The birds give the warning in
Rashin Coatie,[2] and birds take the same part in Swedish,
Russian, German, but a dog plays the *rôle* in Breton
(Reinhold Köhler, *op. cit.* p. 373). In a song of
Fauriel's *Chansons Romaiques* the birds warn the girl
that she is riding with a corpse. Birds give the warning
in Gaelic (Campbell, No. 14).

Perrault did more than suppress the formula of the
False Bride. By an artistic use of his Fairy Godmother
he gave Cinderella her excellent reason for leaving the

---

[1] Callaway, p. 121.
[2] *Revue Celtique*, Jan., Nov. 1878, p. 366.

ball, not because *cupit ipsa videri*, but in obedience to the
fairy dame.   He made Cinderella forgive her stepsisters,
and get them good marriages, in place of punishing them,
as even Psyche does so treacherously in Apuleius, and as
the wild justice of folk tales usually determines their
doom.   An Italian Cinderella breaks her stepmother's
neck with the lid of a chest.   But Cendrillon 'douce et
bonne au début reste jusqu'à la fin douce et bonne'
(Deulin, *Contes de Ma Mère l'Oye*, p. 286).   These
are examples of Perrault's refined way of treating the
old tales.   But in his own country there survives a
version of *Cendrillon* in which a *Blue Bull*, not a Fairy
Godmother, helps the heroine.   From the ear of the Bull,
as from his horn in Kaffir lore, the heroine draws her
supplies.   She is Jaquette de Bois, and reminds us of
Katie Wooden cloak.   Her mother is dead, but the
Bull is not said to have been the mother in bestial form.
(Sébillot, *Contes Pop. de la Haute Bretagne*, Charpentier,
Paris, 1880, p. 15).   In these versions the formula of
Cendrillon shifts into that of *The Black Bull o' Norroway*.

RIQUET À LA HOUPPE.

Riquet of the Tuft.

OF all Perrault's tales *Riquet* is the least popular.
Compared with the stories of Madlle. L'Heritier or of the
Comtesse de Murat, even *Riquet* is short and simple.

But it could hardly be told by a nurse, and it would not greatly interest a child. We want to know what became of the plain but lively sister, and she drops out of the narrative unnoticed. The touch of the traditional and popular manner in the story is the love of a woman redeeming the ugliness of a man. In one shape or another, from the Kaffir *Bird who made Milk*, or *Five Heads*, to what was probably the original form of *Cupid and Psyche*, this is the fundamental notion of *Beauty and the Beast*[1]. But Perrault hints that the miracle was purely ' subjective.' ' Some say that the Princess, reflecting on the perseverance of her lover, and all his good qualities, ceased to see that his body was deformed, and his face ugly.' There is therefore little excuse for examining here the legends of ladies, or lords, who marry a Tick (in Portugal), a Frog (in Scotland and India), a Beaver (in North America), a Pumpkin (in Wallachia), an Iron Stove (in Germany), a Serpent (in Zululand), and so forth. These tales are usually, perhaps, of moral origin, and convey the lesson that no magic can resist kindness. The strange husbands or wives are enchanted into an evil shape, till they meet a lover who will not disdain them. Moral, don't disdain anybody. Some have entertained angels unawares. But this apologue could only have been invented when there was a general belief in powers of enchantment and metamorphosis, a belief always more powerful in proportion to the low culture of the people who entertain it. In the Kaffir tale, where the girl disenchants the Crocodile by *licking* him (kissing, perhaps, being unfamiliar), the man

[1] Theal's *Kaffir Folk Lore*, p. 37.

who comes out of the crocodile skin merely says that the girl's ' power ' (her native magical force) is greater than that of ' the enemies of his father's house,' who had enchanted him (Theal, *The Bird who made Milk*). This idea may and does exist apart from the notion, which so commonly accompanies it, of a taboo, or prohibition on freedom of intercourse between the lover and the lady, either of whom has been disenchanted by the other.

If the original and popular basis of this kind of story was moral, the moral was strangely coloured by the fancy of early men. In Perrault little but the moral, told in a gallant apologue, remains. It may be compared with a Thibetan story, analysed by M. Gaston Paris[1].

Le Petit Poucet.

Hop o' my Thumb.

PERRAULT'S tale of *Le Petit Poucet* has nothing but the name in common with the legend of *Le Petit Poucet* (our ' Tom Thumb ') on which M. Gaston Paris has written a learned treatise. The Poucet who conducts the Walloon ·*Chaur-Poce*, our ' Charles's Wain,' merely resembles Hop o' my Thumb in his tiny stature, and little can be gained by a comparison of two personages so unlike in their adventures (Gaston Paris, *Mém. de la Société de Linguistique*, i. 4, p. 372).

[1] *Revue Critique*, July, 1874.

In *Hop o' my Thumb*, as Perrault tells it, there are many traces of extreme antiquity.

The incidents are (1) Design of a distressed. father and mother to expose their children in a forest. (2) Discovery and frustration of the scheme by the youngest child, whose clue leads him and his brethren home again. (3) The same incident, but the clue (scattered crumbs) spoiled by birds. (4) Arrival of the children at the house of an ogre. They are entertained by his wife, but the ogre discovers them by the smell of human flesh. (5) Hop o' my Thumb shifts the golden crowns of the ogre's children to the heads of his brethren, and the ogre destroys his own family in the dark. (6) Flight of the boys, pursued by the ogre in Seven-Leagued Boots. (7) There is a choice of conclusion. In one (8) Hop o'my Thumb steals the boots of the sleeping ogre, and gets his treasures from the ogre's wife. (9) Hop o' my Thumb steals the boots and by their aid wins court favour. Throughout the tale the skill of an extremely small boy is the subject of admiration.

(1) The opening of the story has nothing supernatural or unusual in it. During the famines which Racine and Vauban deplored, peasants must often have been tempted to 'lose' their children (Sainte-Beuve, *Port Royal*, vi. 153; *Mémoires sur la Vie de Jean Racine*. A Genève, M.DCCXLVII, pp. 271–3).

(2) The idea of dropping objects which may serve as a guide or 'trail' is so natural and obvious that it is used in 'paper-chases' every day. In the Indian story[1] of

[1] *Old Deccan Days.*

Surya Bai, a handful of grains is scattered, the pearls of a necklace are used in the *Raksha's Palace,* in Grimm (15, *Hänsel and Grethel*) white pebbles and crumbs of bread are employed. The Kaffir girl drops ashes [1]. In *Nennilloe Nennella (Pentamerone,* v. 8) the father of the children has pity on them, and makes a trail of ashes. Bran is used on the second journey, but it is eaten by an ass [2].

(4) The children arrive at the house of an ogre, whose wife treats them kindly; the ogre, however, smells them out.

This incident, quite recognisable, is found in Namaqua Folk lore (Bleek, *Bushman Folk Lore*). A Namaqua woman has married an elephant. To her come her two brothers, whom she hides away. ' Then the Elephant, who had been in the veldt, arrived, and smelling something, rubbed against the house.' His wife persuades him that she has slain and cooked a wether, indeed she does cook a wether, to hide the smell of human flesh.

Compare Perrault, ' L'Ogre flairoit droite et à gauche, disant qu'il sentoit la chair fraîche. Il faut, luy dit sa femme, que ce soit ce veau que je viens d'habiller que vous sentez.' But the ogre, like the blind mother of the Elephant in Namaqua, retains his suspicions. In the Zulu tale of Uzembeni (Callaway, p. 49) there is an ogress very hungry and terrible, who has even tried to eat her own daughters. She comes home, where Uzembeni is

---

[1] Theal, p. 113.
[2] The remainder of the story in the *Pentamerone* is entirely different. There is no ogre, and there are sea-faring adventures.

concealed, and says, 'My children, in my house here to-day there is a delicious odour!' As Callaway remarks, this 'Fee-fo-fum' incident recurs in Maori myth, when Maui visits Murri-ranga-whenua, and in the legend of Tawhaki, where the ogre is a submarine ogre (Grey's *Polynes. Myth.* pp. 34, 64). In a more familiar passage the Eumenides utter their *fee-fo-fum* when they smell out Orestes[1].

In the extreme north-west of America this world-wide notion meets us again, among the Dènè Hareskins (Petitot, *Traditions Indiennes du Canada Nord-Ouest*, Paris, 1886, p. 171). The stranger comes to strange people, 'un jeune garçon sort d'une maison et dit, Moi, je sens l'odeur humaine . . . ce disant, il humait l'air, et reniflait à la manière d'un limier qui est sur une piste.' In the Aberdeenshire *Mally Whuppy*, we have the old

> Fee, fie, fo, fum,
> I smell the blood of some earthly one![2]

The idea of cannibalism, which inspires most of these tales, like the Indian stories of *Rakshas*, is probably derived from the savage state of general hostility and actual anthropophagy (*Die Anthropophagie*, Überlebsel im Volksglauben.' Andree, Leipzig, 1887). We know that Basutos have reverted to cannibalism in this century; in Labrador and the wilder Ojibbeway districts, Weendigoes, or men returned to cannibalism, are greatly dreaded (Hind's *Explorations in Labrador*, i. p. 59). There

---

[1] *Eumenides*, 244.
[2] Compare *L'Oiseau Vert.* Cosquin, *Contes de Lorraine*, i. 103.

are some very distressing stories in Kohl (*Kitchi Gami*, p. 355–359). A prejudice against eating kindred flesh, (as against eating Totems or kindred animals and vegetables,) is common among savages. Hence the wilder South American tribes, says Cieza de Leon, bred children they might lawfully eat from wives of alien stock, the father being reckoned not akin to his children, who follow the maternal line. Thus the great prevalence of cannibalism in European *Märchen* seems a survival from the savage condition. In savage *Märchen*, where cannibalism is no less common, it needs little explanation; not that all savages are cannibals, but most live on the frontier of starvation, and have even less scruple than Europeans in the ultimate resort.

(5) Arrived at the ogre's house, Hop o' my Thumb deceives the cannibal, and makes him slay his own children.

This is decidedly a milder form of the incident in which the captive either cooks his captor, or makes the captor devour some of his own family. In Zululand (Callaway, pp. 16–18, *Uhlakanyana*) we find the former agreeable adventure. Uhlakanyana, trapped by the cannibal, gets the cannibal's mother to play with him at boiling each other. The old lady cries out that she is 'being done,' but the artful lad replies, 'When a man has been thoroughly done, he does not keep crying I am already done. He just says nothing when he is already done. . . . Now you have become silent; that is the reason why I think you are thoroughly done. You will be eaten by your children.' Callaway justly compares the Gaelic Maol a Chliobain, who got the Giant's mother to take her place in the Giant's game-bag,—with consequences (Campbell, i. 255). In Grimm's *Hänsel and Grethel* Peggy bakes the ogress. The trick recurs in the Kaffir *Hlakanyana* [1]. There are two ways of doing this trick in popular tales : either the prisoner is in a sack, and induces another person to take his place (as in the Aberdonian *Mally Whuppy*, and among the Kaffirs) ; or they play at cooking each other ; or, in some other way, the captive induces the captor to enter the pot or oven, and, naturally, keeps him there. This is the device of the German Grethel and the Zulu Uhlakanyana. The former plan, of the game-bag, prevails among the South Siberian peoples of the Turkish race. Tardanak was caught by a seven-headed monster and put in a bag. He made his way out, and induced the monster's children to take his place. The monster, Jalbagan, then cooked his own children. Perrault wisely makes his ogre a little intoxicated, but he did not carry his mistake so far as to *eat* his children.

The expedient by which Hop o' my Thumb saves his company, and makes the ogre's children perish, differs from the usual devices of the game-bag and the oven. Hop o' my Thumb exchanges the nightcaps of himself and his brothers for the golden crowns of the ogre's daughters. But even this is not original. In the many *Märchen* which are melted together into the legend of the Minyan House of Athamas, this idea occurs. According to Hyginus, Themisto, wife of Athamas, wished to

[1] Theal, p. 93.

destroy the children of her rival Ino. She, therefore, to distinguish the children, bade the nurse dress her children in white night-gowns, and Ino's children in black. But this nurse (so ancient is the central idea of *East Lynne*) was Ino herself in disguise, and she reversed the directions she had received. Themisto, therefore, murdered her own children in the dusk, as the ogre slew his own daughters. M. Deulin quotes a Catalan tale, in which the boys escape from a cupboard, where they place the daughters of the ogress, and they then sleep in the daughters' bed.

(6) The flight of Hop o' my Thumb and his brethren is usually aided, in Zulu, Kaffir, Iroquois, Samoan, Japanese, Scotch, German, and other tales, by magical objects, which, when thrown behind the fugitives, become lakes, forests, and the like, thus detaining the pursuer. Perrault knows nothing of this. His seven-leagued boots, used by the ogre and stolen by the hero, doubtless are by the same maker as the sandals of Hermes ; the goodly sandals, golden, that wax never old (*Odyssey*, v. 45).

In addition to these shoon, and the shoon of Loki, and the slippers of Poutraka in the *Kathasaritsagara* (i. 13), we may name the seven-leagued boots in the very rare old Italian rhymed *Historia delliombruno*, a black-letter tract, which contains one of the earliest representations of these famous articles.

While these main incidents of Hop o' my Thumb are so widely current, the general idea of a small and tricksy being is found frequently, from the Hermes of the Homeric Hymn to the Namaqua Heitsi Eibib, the other *Poucet*, or Tom Thumb, and the Zulu Uhlakanyana.

Extraordinary precocity, even from the day of birth, dis-
tinguishes these beings (as Indra and Hermes) in *myth*. In
Märchen it is rather their smallness and astuteness than
their youth that commands admiration, though they are
often very precocious. The general sense of the humour
of 'infant prodigies' is perhaps the origin of these
romances.

For a theory of *Hop o' my Thumb,* in which the
forest is the night, the pebbles and crumbs the stars, the
ogre the devouring Sun, the ogre's daughters 'the seven
Vedic sisters,' and so forth, the curious may consult M.
Hyacinthe Husson, M. André Lefèvre, or M. Frédérick
Dillaye's *Contes de Charles Perrault* (Paris, 1880).

CONCLUSION.

THE study of Perrault's tales which we have made
serves to illustrate the problems and difficulties of the
subject in general. It has been seen that similar and
analogous *contes* are found among most peoples, ancient and
modern. When the resemblances are only in detached
ideas and incidents, for example, the introduction of
rational and loquacious beasts, or of magical powers, the
difficulty of accounting for the diffusion of such notions is
comparatively slight. All the backward peoples of the
world believe in magic, and in the common nature of men,

beasts, and things. The real problem is to explain the coincidence in *plot* of stories found in ancient Egypt, in Peru, in North America, and South Africa, as well as in Europe. In a few words it is possible to sketch the various theories of the origin and diffusion of legends like these.

I. According to what may be called the Aryan theory (advocated by Grimm, M. André Lefèvre, Von Hahn, and several English writers), the stories are peculiar to peoples who speak languages of the Aryan family. These peoples, in some very remote age, before they left their original seats, developed a copious mythology, based mainly on observation of natural phenomena, Dawn, Thunder, Wind, Night, and the like. This mythology was rendered possible by a 'disease of language,' owing to which statements about phenomena came to appear like statements about imaginary persons, and so grew into myths. *Märchen*, or popular tales, are the *débris*, or *detritus*, or youngest form of those myths, worn by constant passing from mouth to mouth. The partisans of this theory often maintain that the borrowing of tales by one people from another is, if not an impossible, at least a very rare process.

II. The next hypothesis may be called the Indian theory. The chief partisan of this theory was Benfey, the translator and commentator of the *Pantschatantra*. In France M. Cosquin, author of *Contes Populaires de Lorraine*, is the leading representative. According to the Indian theory, the original centre and fountain of popular tales is India, and from India of the historic period the

legends were diffused over Europe, Asia, and Africa.
Oral tradition, during the great national movements and
migrations, and missions,—the Mongol conquests, the
crusades, the Buddhist enterprises, and in course of trade
and commerce, diffused the tales. They were also in
various translations,—Persian, Arabic, Greek,—of Indian
literary collections like the *Panschatantra* and the *Hitopadesa*, brought to the knowledge of mediæval Europe.
Preachers even used the tales as parables or 'examples' in
the pulpit, and by all those means the stories found their
way about the world. It is admitted that the discovery of
contes in Egypt, at a date when nothing is known of India,
is a difficulty in the way of this theory, as we are not able
to show that those *contes* came from India, nor that India
borrowed them from Egypt. The presence of the tales in
America is explained as the consequence of importations
from Europe, since the discovery of the New World by
Columbus.

Neither of these theories, neither the Aryan nor the
Indian, is quite satisfactory. The former depends on a
doctrine about the 'disease of language' not universally
accepted. Again, it entirely fails to account for the
presence of the *contes* (which, *ex hypothesi*, were not
borrowed) among non-Aryan peoples. The second, or
Indian theory, correctly states that many stories were introduced into Europe, Asia, and Africa from India, in the
middle ages, but brings no proof that *contes* could only
have been invented in India, first of all. Nor does it
account for the stories which were old in Egypt, and even
mixed up with the national mythology of Egypt, before we

h

knew anything about India at all, nor for the *Märchen* of Homeric Greece. Again it is not shown that the *ideas* in the *contes* are peculiar to India; almost the only example adduced is the *gratitude of beasts.* But this notion might occur to any mind, anywhere, which regarded the beasts as on the same intellectual and moral level as humanity. Moreover, a few examples have been found of *Märchen* among American races, for example, in early Peru, where there is no reason to believe that they were introduced by the Spaniards[1].

In place of these hypotheses, we do not propose to substitute any general theory. It is certain that the best-known popular tales were current in Egypt under Ramses II, and that many of them were known to Homer, and are introduced, or are alluded to, in the *Odyssey.* But it is impossible to argue that the birthplace of a tale is the country where it is first found in a literary shape. The stories must have been current in the popular mouth long before they won their way into written literature, on tablets of clay or on papyrus. They are certainly not of literary invention. If they were developed in one place, history gives us no information as to the region or the date of their birth. Again, we cannot pretend to know how far, given the ideas, the stories might be evolved independently in different centres. It is difficult to set a limit to chance and coincidence, and modern importation. The whole question of the importation of stories into savage countries by civilised peoples

[1] *Rites of the Yncas*, Francisco de Avila. Hakluyt Society.

has not been studied properly. We can hardly suppose that the Zulus borrowed their copious and most characteristic store of *Märchen*, in plot and incident resembling the *Märchen* of Europe, from Dutch or English settlers. On the other hand, certain Algonkin tales recently published by Mr. Leland bear manifest marks of French influence.

Left thus in the dark without historical information as to the 'cradle' of *Märchen*, without clear and copious knowledge as to *recent* borrowing from European traders and settlers, and without the power of setting limits to the possibility of *coincidence*, we are unable to give any general answer to the sphinx of popular tales. We only know for certain that there is practically no limit to the chances of transmission in the remote past of the race. Wherever man, woman, or child can go, there a tale may go, and may find a new home. Any drifted and wandering canoe, any captured alien wife, any stolen slave passed from hand to hand in commerce or war, may carry a *Märchen*. These processes of transmission have been going on, practically, ever since man was man. Thus it is even more difficult to limit the possibilities of transmission than the chances of coincidence. But the chances of coincidence also are numerous. The *ideas* and *situations* of popular tales are all afloat, everywhere, in the imaginations of early and of pre-scientific men. Who can tell how often they might casually unite in similar wholes, independently combined ?

——••——

HISTOIRES

ou

CONTES

DU TEMPS PASSÉ.

Avec des Moralitéz.

A PARIS,

Chez CLAUDE BARBIN, sur le
second Peron de la Sain-
te-Chapelle, au Palais.

Avec Privilége de Sa Majesté.

M.DC.XCVII.

B

TABLE ·

des Contes de ce Recüeil.

B 2

A

MADEMOISELLE

MADEMOISELLE,

On ne trouvera pas étrange qu'un Enfant ait pris plaisir à composer les Contes de ce Recüeil, mais on s'étonnera qu'il ait eu la hardiesse de vous les pre-senter. Cependant, MADEMOISELLE, *quelque disproportion qu'il y ait entre la simplicité de ces Récits, & les lumières de vostre esprit, si on examine bien ces Contes, on verra que je ne suis pas aussi blamable que je le parois d'abord. Ils renferment tous une Morale trés-sensée, & qui se découvre plus ou moins, selon le degré de péné-tration de ceux qui les lisent ; d'ailleurs comme rien ne marque tant la vaste estendüe d'un esprit, que de pouvoir s'élever en même-temps aux plus grandes choses, & s'abaisser aux plus petites ; on ne sera point surpris que la même Princesse, à qui la Nature & l'éducation ont rendu familier ce qu'il y a de plus élevé, ne dédaigne pas de prendre plaisir à de semblables bagatelles. Il est vray que ces Contes donnent une image de ce qui se passe dans les moindres Familles, où la loüable impatience d'instruire les enfans, fait imaginer des Histoires dépour-veües de raison, pour s'accommoder à ces mêmes enfans qui n'en ont pas encore ; mais à qui convient-il mieux de connoître comment vivent les Peuples, qu'aux Personnes que le Ciel destine à les conduire? Le desir de cette connoissance à poussé des Heros, & même des Heros de vostre Race, jusque dans des huttes & des cabanes, pour y voir de prés & par eux-mêmes ce qui s'y passoit de plus particulier : Cette connoissance leur ayant paru necessaire pour leur parfaite instruction. Quoi qu'il en soit,* MADEMOISELLE,

> Pouvois-je mieux choisir pour rendre vrai-semblable
> Ce que la Fable à d'incroyable?
> Et jamais Fée, au tems jadis
> Fit-elle à jeune Créature,
> Plus de dons, & de dons exquis,
> Que vous en a fait la Nature.

Je suis avec un trés-profond respect,

MADEMOISELLE,

De Vôtre Altesse Royale,

Le trés-humble & trés-
obéissant serviteur,
P. DARMANCOUR.

LA BELLE

AU BOIS

DORMANT

CONTE.

IL estoit une fois un Roi & une Reine, qui estoient
si faschez de n'avoir point d'enfans, si faschez qu'on
ne sçauroit dire. Ils allerent à toutes les eaux du monde,
vœux, pelerinages, menuës devotions; tout fut mis en
œuvre, & rien n'y faisoit : Enfin pourtant la Reine devint
grosse, & accoucha d'une fille : on fit un beau Baptesme ;
on donna pour Maraines à la petite Prjncesse toutes les
Fées qu'on pust trouver dans le Pays, (il s'en trouva sept,)
afin que chacune d'elles luy faisant un don, comme c'estoit
la coustume des Fées en ce temps-là, la Princesse eust
par ce moyen toutes les perfections imaginables. Aprés
les ceremonies du Baptesme toute la compagnie revint
au Palais du Roi, où il y avoit un grand festin pour
les Fées. On mit devant chacune d'elles un couvert
magnifique, avec un estui d'or massif, où il y avoit une
cuillier, une fourchette, & un couteau de fin or, garni
de diamans & de rubis. Mais comme chacun prenoit sa

place à table, on vit entrer une vieille Fée qu'on n'avoit point priée parce qu'il y avoit plus de cinquante ans qu'elle n'estoit sortie d'une Tour, & qu'on la croyoit morte, ou enchantée. Le Roi lui fit donner un couvert, mais il n'y eut pas moyen de lui donner un estuy d'or massif, comme aux autres, parce que l'on n'en avoit fait faire que sept pour les sept Fées. La vieille cûrt qu'on la méprisoit, & grommela quelques menaces entre ses dents: Une des jeunes Fées qui se trouva auprés d'elle, l'entendit, & jugeant qu'elle pourroit donner quelque fâcheux don à la petite Princesse, alla dés qu'on fut sorti de table, se cacher derriere la tapisserie, afin de parler la derniere, & de pouvoir réparer autant qu'il luy seroit possible le mal que la vieille auroit fait. Cependant les Fées commencerent à faire leurs dons à la Princesse. La plus jeune luy donna pour don qu'elle seroit la plus belle personne du monde, celle d'aprés qu'elle auroit de l'esprit comme un Ange, la troisiéme qu'elle auroit une grace admirable à tout ce qu'elle feroit, la quatriéme qu'elle danseroit parfaitement bien, la cinquiéme qu'elle chanteroit comme un Rossignol, & la sixiéme qu'elle joüeroit de toutes sortes d'instrumens dans la derniere perfection. Le rang de la vieille Fée estant venu, elle dit en branlant la teste, encore plus de dépit que de vieillesse, que la Princesse se perceroit la main d'un fuseau, & qu'elle en mourroit. Ce terrible don fit fremir toute la compagnie, & il n'y eut personne qui ne pleurât. Dans ce moment la jeune Fée sortit de derriere la tapisserie, & dit tout haut ces paroles: Rassurez-vous Roi et Reine, vostre fille n'en mourra pas: il est vrai que je n'ay pas assez de puissance pour défaire entierement ce que mon ancienne a fait. La Princesse se percera la main d'un fuseau ; mais au lieu d'en mourir, elle tombera seulement dans un profond sommeil qui durera cent ans, au bout desquels le fils d'un Roi viendra la réveiller. Le Roi pour tâcher d'éviter le malheur annoncé par la vieille, fit publier aussi tost un Edit, par lequel il deffendoit à toutes personnes de filer au fuseau, ny d'avoir des fuseaux chez soy sur peine de la vie. Au bout de quinze ou seize ans, le Roi & la Reine estant allez à une de leurs Maisons de plaisance, il arriva que la jeune Princesse courant un jour dans le Château, & montant de chambre en chambre, alla jusqu'au haut d'un donjon dans un petit galletas, où une bonne Vieille estoit seule à filer sa quenoüille. Cette bonne femme n'avoit point ouï parler des deffenses que le Roi avoit faites de filer au fuseau. Que faites-vous-là, ma bonne femme, dit la Princesse ; je file, ma belle enfant, luy répondit la vieille qui ne la connoissoit pas. Ha ! que cela est joli, reprit la Princesse, comment faites-vous ? donnez-moy que je voye si j'en ferois bien autant. Elle n'eust pas plutost pris le fuseau, que comme elle estoit fort vive, un peu estourdie, & que d'ailleurs l'Arrest des Fées l'ordonnoit ainsi, elle s'en perça la main, & tomba évanouie. La bonne vieille bien embarrassée, crie au secours : on vient de tous costez, on jette de l'eau au visage de la Princesse, on la délasse, on luy frappe dans les mains, on luy frotte les temples avec de l'eau de la Reine de Hongrie ; mais rien ne la faisoit revenir. Alors le Roy,

qui estoit monté au bruit, se souvint de la prédiction
des Fées, & jugeant bien qu'il falloit que cela arrivast,
puisque les Fées l'avoient dit, fit mettre la Princesse
dans le plus bel appartement du Palais, sur un lit en
broderie d'or & d'argent ; on eut dit d'un Ange, tant elle
estoit belle ; car son évanoüissement n'avoit pas osté les
couleurs vives de son teint : ses joües estoient incarnates,
& ses lévres comme du corail : elle avoit seulement les
yeux fermez, mais on l'entendoit respirer doucement, ce
qui faisoit voir qu'elle n'estoit pas morte. Le Roi
ordonna qu'on la laissast dormir en repos, jusqu'à ce
que son heure de se réveiller fust venuë. La bonne
Fée qui luy avoit sauvé la vie, en la condamnant à
dormir cent ans, estoit dans le Royaume de Mataquin,
à douze mille lieuës de là lorsque l'accident arriva à la
Princesse ; mais elle en fut avertie en un instant par un
petit Nain, qui avoit des bottes de sept lieuës, (c'estoit des
bottes avec lesquelles on faisoit sept lieuës d'une seule
enjambée.) La Fée partit aussi tost, & on la vit au bout
d'une heure arriver dans un chariot tout de feu, traisné
par des dragons. Le Roi luy alla presenter la main à la
descente du chariot. Elle approuva tout ce qu'il avoit
fait ; mais comme elle estoit grandement prévoyante, elle
pensa que quand la Princesse viendroit à se réveiller, elle
seroit bien embarassée toute seule dans ce vieux Château :
voicy ce qu'elle fit. Elle toucha de sa baguette tout ce qui
estoit dans ce Chasteau, (hors le Roi & la Reine) Gouvernantes, Filles-d'Honneur, Femmes-de-Chambre, Gentils-
hommes, Officiers, Maistrés-d'Hostel, Cuisiniers, Marmi-

tons, Galopins, Gardes, Suisses, Pages, Valets-de-pied; elle
toucha aussi tous les chevaux qui estoient dans les Ecuries,
avec les Palfreniers, les gros mâtins de basse cour, & la
petite Pouffe, petite chienne de la Princesse, qui estoit auprés
d'elle sur son lit.   Dés qu'elle les eust touchez, ils s'endormirent tous, pour ne se réveiller qu'en méme temps que
leur Maistresse, afin d'estre tout prests à la servir quand
elle en auroit besoin : les broches mêmes qui estoient au
feu toutes pleines de perdrix & de faizans s'endormirent,
& le feu aussi.   Tout cela se fit en un moment; les
Fées n'estoient pas longues à leur besogne.   Alors
le Roi & la Reine aprés avoir baisé leur chere enfant
sans qu'elle s'éveillast, sortirent du Chasteau, & firent
publier des deffenses à qui que ce soit d'en approcher.
Ces d'effenses n'estoient pas necessaires, car il crut dans un
quart-d'heure tout au tour du parc une si grande quantité
de grands arbres & de petits, de ronces & d'épines entre-
lassées les unes dans les autres, que beste ny homme n'y
auroit pû passer : en sorte qu'on ne voyoit plus que le
haut des Tours du Chasteau, encore n'estoit-ce que de
bien loin.   On ne douta point que la Fée n'eust encore
fait là un tour de son metier, afin que la Princesse
pendant qu'elle dormiroit, n'eust rien à craindre des Curieux.
    Au bout de cent ans, le Fils du Roi qui regnoit alors, &
qui estoit d'une autre famille que la Princesse endormie,
estant allé à la chasse de ce costé-là, demanda ce que
c'estoit que des Tours qu'il voyoit au dessus d'un grand
bois fort épais, chacun luy répondit selon qu'il en avoit ouï
parler.   Les uns disoient que c'estoit un vieux Château où

il revenoit des Esprits ; les autres que tous les Sorciers de
la contrée y faisoient leur sabbat.   La plus commune
opinion estoit qu'un Ogre y demeuroit, & que là il
emportoit tous les enfans qu'il pouvoit attraper, pour les
pouvoir manger à son aise, & sans qu'on le pust suivre,
ayant seul le pouvoir de se faire un passage au travers du
bois.   Le Prince ne sçavoit qu'en croire, lors qu'un vieux
Paysan prit la parole, & luy dit : Mon Prince, il y a
plus de cinquante ans que j'ay ouï dire à mon pere, qu'il y
avoit dans ce Chasteau une Princesse, la plus belle du
monde ; qu'elle y devoit dormir cent ans, & qu'elle seroit
reveillée par le fils d'un Roy, à qui elle estoit reservée.
Le jeune Prince à ce discours se sentit tout de feu ; il
crut sans balancer qu'il mettroit fin à une si belle avanture,
& poussé par l'amour & par la gloire, il résolut de voir
sur le champ ce qui en estoit.   A peine s'avança-t-il vers
le bois, que tous ces grands arbres, ces ronces & ces
épines s'écarterent d'elles-mesmes pour le laisser passer :
il marche vers le Chasteau qu'il voyoit au bout d'une grande
avenuë où il entra, & ce qui le surprit un peu, il vit que
personne de ses gens ne l'avoient pû suivre, parce que les
arbres s'estoient rapprochez dés qu'il avoit esté passé.   Il
ne laissa pas de continuer son chemin : un Prince jeune &
amoureux est toûjours vaillant.   Il entra dans une grande
avancour où tout ce qu'il vit d'abord estoit capable de
le glacer de crainte : c'estoit un silence affreux, l'image
de la mort s'y presentoit par tout, & ce n'estoit que des
corps étendus d'hommes & d'animaux, qui paroissoient
morts.   Il reconnut pourtant bien au nez bourgeonne,

& à la face vermeille des Suisses, qu'ils n'estoient qu'endormis, & leur tasses où il y avoit encore quelques goutes de
vin, montroient assez qu'ils s'estoient endormis en beuvant.
Il passe une grande cour pavée de marbre, il monte
l'escalier, il entre dans la salle des Gardes qui estoient
rangez en haye, la carabine sur l'épaule, & ronflans de leur
mieux. Il traverse plusieurs chambres pleines de Gentils-
hommes & de Dames, dormans tous, les uns de bout, les
autres assis ; il entre dans une chambre toute dorée, & il
vit sur un lit, dont les rideaux éstoient ouverts de tous
côtez, le plus beau spectacle qu'il eut jamais veu : Une
Princesse qui paroissoit avoir quinze ou seize ans, &
dont l'éclat resplendissant avoit quelque chose de lumi-
neux & de divin. Il s'approcha en tremblant & en
admirant, & se mit à genoux auprés d'elle. Alors
comme la fin de l'enchantement estoit venuë, la Princesse s'éveilla ; & le regardant avec des yeux plus tendres
qu'une premiere veuë ne sembloit le permettre ; est-ce
vous, mon Prince, luy dit-elle, vous vous estes bien fait
attendre. Le Prince charmé de ces paroles, & plus encore
de la maniere dont elles estoient dites, ne sçavoit comment luy temoigner sa joye & sa reconnoissance ; il l'assura
qu'il l'aimoit plus que luy-mesme. Ses discours furent
mal rangez, ils en plûrent davantage, peu d'éloquence,
beaucoup d'amour : Il estoit plus embarassé qu'elle, &
l'on ne doit pas s'en estonner ; elle avoit eu le temps de
songer à ce qu'elle auroit à luy dire ; car il y a apparence,
(l'Histoire n'en dit pourtant rien) que la bonne Fée pendant un si long sommeil, luy avoit procuré le plaisir des

songes agreables.　Enfin il y avoit quatre heures qu'ils se
parloient, & ils ne s'étoient pas encore dit la moitié des
choses qu'ils avoient à se dire.

Cependant tout le Palais s'estoit réveillé avec la Princesse;
chacun songeoit à faire sa charge, & comme ils n'estoient
pas tous amoureux, ils mouroient de faim; la Dame
d'honneur pressée comme les autres, s'impatienta, & dit
tout haut à la Princesse que la viande estoit servie.　Le
Prince aida à la Princesse à se lever; elle estoit tout habillée & fort magnifiquement; mais il se garda bien de
luy dire qu'elle estoit habillée comme ma mere grand, &
qu'elle avoit un collet monté, elle n'en estoit pas moins belle.
Ils passerent dans un Salon de miroirs, & y souperent,
servis par les Officiers de la Princesse; les Violons & les
Hautbois joüerent de vieilles pieces, mais excellentes,
quoy qu'il y eut prés de cent ans qu'on ne les joüast plus;
& aprés soupé sans perdre de temps, le grand Aumonier
les maria dans la Chapelle du Chateau, & la Dame-d'honneur leur tira le rideau; ils dormirent peu, la Princesse
n'en avoit pas grand besoin, & le Prince la quitta dés le matin
pour retourner à la Ville, où son Pere devoit estre en peine
de luy: le Prince luy dit, qu'en chassant il s'estoit perdu dans
la forest, & qu'il avoit couché dans la hutte d'un Charbon-
nier, qui luy avoit fait manger du pain noir & du fromage.
Le Roi son pere qui estoit bon-homme, le crut, mais sa
Mere n'en fut pas bien persuadée, & voyant qu'il alloit
presque tous les jours à la chasse, & qu'il avoit toûjours
une raison en main pour s'excuser, quand il avoit couché
deux ou trois nuits dehors, elle ne douta plus qu'il n'eut

quelque amourette : car il vêcut avec la Princesse plus de deux ans entiers, & en eut deux enfans, dont le premier qui fut une fille, fut nommée l'Aurore, & le second un fils, qu'on nomma le Jour, parce qu'il paroissoit encore plus beau que sa sœur. La Reine dit plusieurs fois à son fils, pour le faire expliquer, qu'il falloit se contenter dans la vie, mais il n'osa jamais se fier à elle de son secret ; il la craignoit quoy qu'il l'aimast, car elle estoit de race Ogresse, & le Roi ne l'avoit épousée qu'à cause de ses grands biens ; on disoit même tout bas à la Cour qu'elle avoit les inclinations des Ogres, & qu'en voyant passer de petits enfans, elle avoit toutes les peines du monde à se retenir de se jetter sur eux ; ainsi le Prince ne voulut jamais rien dire. Mais quand le Roy fut mort, ce qui arriva au bout de deux ans, & qu'il se vit le maistre, il declara publiquement son Mariage, & alla en grande ceremonie querir la Reine sa femme dans son Chasteau. On luy fit une entrée magnifique dans la Ville Capitale, où elle entra au milieu de ces deux enfans. Quelque temps après le Roi alla faire la guerre à l'Empereur Cantalabutte son voisin. Il laissa la Regence du Royaume à la Reine sa mere, & luy recommanda fort sa femme & ses enfans : il devoit estre à la guerre tout l'Esté, & dés qu'il fut parti, la Reine-Mere envoya sa Bru & ses enfans à une maison de campagne dans les bois, pour pouvoir plus aisément assouvir son horrible envie. Elle y alla quelques jours après, & dit un soir à son Maistre d'Hôtel, je veux manger demain à mon dîner la petite Aurore. Ah ! Madame, dit le Maistre d'Hôtel ; je le veux, dit la

Reine (& elle le dit d'un ton d'Ogresse, qui a envie de manger de la chair fraische) & je la veux manger à la Sausse-
robert.   Ce pauvre homme voyant bien qu'il ne falloit pas
se joüer à une Ogresse, prit son grand cousteau, & monta à
la chambre de la petite Aurore : elle avoit pour lors quatre
ans, & vint en sautant & en riant se jetter à son col, &
luy demander du bon du bon.   Il se mit à pleurer, le couteau luy tomba des mains, & il alla dans la basse-cour
couper la gorge à un petit agneau, et luy fit une si bonne
sausse, que sa Maîtresse l'assura qu'elle n'avoit jamais rien
mangé de si bon.   Il avoit emporté en même temps la
petite Aurore, & l'avoit donnée à sa femme pour la cacher,
dans le logement qu'elle avoit au fond de la basse-cour.
Huit jours après la méchante Reine dit à son Maistre-
d'Hôtel, je veux manger à mon souper le petit Jour : il
ne repliqua pas, résolu de la tromper comme l'autre fois ;
il alla chercher le petit Jour, & le trouva avec un petit
fleuret à la main, dont il faisoit des armes avec un gros
Singe, il n'avoit pourtant que trois ans : il le porta à sa
femme qui le cacha avec la petite Aurore, & donna à la
place du petit Jour, un petit chevreau fort tendre, que
l'Ogresse trouva admirablement bon.

   Cela estoit fort bien allé jusques-là, mais un soir cette méchante Reine dit au Maistre-d'Hôtel, je veux manger la
Reine à la mesme sausse que ses enfans.   Ce fut alors que le
pauvre Maistre-d'Hôtel desespera de la pouvoir encore tromper.   La jeune Reine avoit vingt ans passez, sans compter les
cent ans qu'elle avoit dormi : sa peau estoit un peu dure, quoyque belle & blanche ; & le moyen de trouver dans la Ména-

gerie une beste aussi dure que cela : il prit la résolution
pour sauver sa vie, de couper la gorge à la Reine, & monta
dans sa chambre, dans l'intention de n'en pas faire à deux
fois; il s'excitoit à la fureur, & il entra le poignard à la
main dans la chambre de la jeune Reine : Il ne voulut
pourtant point la surprendre, & il lui dit avec beaucoup de
respect, l'ordre qu'il avoit receu de la Reine-Mere. Faites
vostre devoir, luy dit-elle, en lui tendant le col ; executez
l'ordre qu'on vous a donné ; j'irai revoir mes enfans,
mes pauvres enfans que j'ay tant aimez, car elle les
croyoit morts depuis qu'on les avoit enlevez sans lui rien
dire. Non, non, Madame, lui répondit le pauvre Maistre-
d'Hôtel tout attendri, vous ne mourrez point, & vous ne
laisserez pas d'aller revoir vos chers enfans, mais ce sera
chez moy où je les ay cachez, & je tromperay encore la
Reine, en luy faisant manger une jeune biche en vostre
place. Il la mena aussi-tost à sa chambre, où la laissant
embrasser ses enfans & pleurer avec eux : il alla accommoder une biche, que la Reine mangea à son soupé, avec
le même appetit que si c'eut esté la jeune Reine. Elle estoit
bien contente de sa cruauté, & elle se préparoit à dire au
Roy à son retour, que les loups enragez avoient mangé la
Reine sa femme & ses deux enfans.

　　Un soir qu'elle rodoit à son ordinaire dans les cours &
basse-cours du Chasteau pour y halener quelque viande
fraische, elle entendit dans une sale basse le petit Jour
qui pleuroit, parce que la Reine sa mere le vouloit faire
foüetter, à cause qu'il avoit esté méchant, & elle entendit
aussi la petite Aurore qui demandoit pardon pour son

frere. L'Ogresse reconnut la voix de la Reine & de ses enfans, & furieuse d'avoir esté trompée, elle commande dés le lendemain au matin, avec une voix épouventable, qui faisoit trembler tout le monde, qu'on apportast au milieu de la cour une grande cuve, qu'elle fit remplir de crapaux, de viperes, de couleuvres & de serpens, pour y faire jetter la Reine, & ses enfans, le Maistre-d'Hôstel, sa femme & sa servante : elle avoit donné ordre de les amener les mains liées derriere le dos. Ils estoient là, & les bourreaux se preparoient à les jetter dans la cuve, lorsque le Roi qu'on n'attendoit pas si tost, entra dans la cour à cheval ; il estoit venu en poste, & demanda tout estonné ce que vouloit dire cet horrible spectacle ; personne n'osoit l'en instruire, quand l'Ogresse, enragée de voir ce quelle voyoit, se jetta elle-mesme la teste la premiere dans la cuve, & fût devorée en un instant par les vilaines bestes qu'elle y avoit fait mettre. Le Roi ne laissa pas d'en estre fasché, elle estoit sa mere, mais il s'en consola bientost avec sa belle femme & ses enfans.

MORALITÉ.

A Ttendre quelque temps pour avoir un Epoux,
Riche bien-fait, galant & doux,
La chose est assez naturelle,
Mais l'attendre cent ans et toûjours en dormant,
On ne trouve plus de femelle,
Qui dormist si tranquillement.
La Fable semble encor vouloir nous faire entendre,
Que souvent de l'Hymen les agreables nœuds,

Pour estre differez n'en sont pas moins heureux,
Et qu'on ne perd rien pour attendre ;
Mais le sexe avec tant d'ardeur,
Aspire à la foy conjugale,
Que je n'ay pas la force ny le cœur,
De luy prescher cette Morale.

LE
PETIT CHAPERON
ROUGE

CONTE.

I L estoit une fois une petite fille de Village, la plus jolie
qu'on eut sçû voir ; sa mere en estoit folle, & sa mere
grand plus folle encore. Cette bonne femme luy fit faire
un petit chaperon rouge, qui luy seïoit si bien, que par
tout on l'appelloit le Petit chaperon rouge.

Un jour sa mere ayant cui & fait des galettes, luy dit,
va voir comme se porte ta mere-grand, car on m'a dit
qu'elle estoit malade, porte luy une galette & ce petit pot de
beure. Le petit chaperon rouge partit aussi-tost pour aller
chez sa mere-grand, qui demeuroit dans un autre Village.
En passant dans un bois elle rencontra compere le Loup,
qui eut bien envie de la manger, mais il n'osa, à cause de
quelques Bucherons qui estoient dans la Forest. Il luy
demanda où elle alloit ; la pauvre enfant qui ne sçavoit
pas qu'il est dangereux de s'arrester à écouter un Loup,
luy dit, je vais voir ma Mere-grand, & luy porter une
galette avec un petit pot de beurre, que ma Mere luy
envoye. Demeure-t'elle bien loin, lui dit le Loup ? Oh
ouy, dit le petit chaperon rouge, c'est par de-là le moulin
que vous voyez tout là-bas, là-bas, à la premiere maison du
Village. Et bien, dit le Loup, je veux l'aller voir aussi ;

je m'y en vais par ce chemin icy, & toi par ce chemin-là, & nous verrons qui plûtost y sera. Le Loup se mit à courir de toute sa force par le chemin qui estoit le plus court, & la petite fille s'en alla par le chemin le plus long, s'amusant à cueillir des noisettes, à courir après des papillons, & à faire des bouquets des petites fleurs qu'elle rencontroit. Le Loup ne fut pas long-temps à arriver à la maison de la Mere-grand, il heurte : Toc, toc, qui est-là ? C'est vôtre fille le petit chaperon rouge (dit le Loup, en contrefaisant sa voix) qui vous apporte une galette, & un petit pot de beurre que ma Mere vous envoye. La bonne Mere-grand qui estoit dans son lit à cause qu'elle se trouvoit un peu mal, luy cria, tire la chevillete, la bobinette chera, le Loup tira la chevillette, & la porte s'ouvrit. Il se jetta sur la bonne femme, & la devora en moins de rien ; car il y avoit plus de trois jours qu'il n'avoit mangé. Ensuite il ferma la porte, & s'alla coucher dans le lit de la Mere-grand, en attendant le petit chaperon rouge, qui quelque temps après vint heurter à la porte. Toc, toc : qui est là ? Le petit chaperon rouge qui entendit la grosse voix du Loup, eut peur d'abord, mais croyant que sa Mere-grand estoit enrhumée, répondit, c'est vostre fille le petit chaperon rouge, qui vous apporte une galette & un petit pot de beurre que ma Mere vous envoye. Le Loup luy cria, en adoucissant un peu sa voix ; tire la chevillette, la bobinette chera. Le petit chaperon rouge tira la chevillette, & la porte s'ouvrit. Le Loup la voyant entrer, lui dit en se cachant dans le lit sous la couverture : mets la galette & le petit pot de beurre sur la huche, & viens te coucher avec moy.   Le petit chaperon rouge se deshabille, & va se mettre dans le lit, où elle fut bien estonnée de voir comment sa Mere-grand estoit faite en son deshabillé, elle luy dit, ma mere-grand que vous avez de grands bras! c'est pour mieux t'embrasser, ma fille : ma mere-grand que vous avez de grandes jambes? c'est pour mieux courir mon enfant : ma mere-grand que vous avez de grandes oreilles?. c'est pour mieux écouter mon enfant. Ma mere-grand que vous avez de grands yeux? c'est pour mieux voir, mon enfant. Ma mere-grand que vous avez de grandes dens? c'est pour te manger.   Et en disant ces mots, ce méchant Loup se jetta sur le petit chaperon rouge, & la mangea.

MORALITÉ.

O N voit icy que de jeunes enfans,
    Sur tout de jeunes filles,
        Belles, bien faites, & gentilles,
Font tres-mal d'écouter toute sorte de gens,
        Et que ce n'est pas chose étrange,
        S'il en est tant que le loup mange.
        Je dis le loup, car tous les loups;
        Ne sont pas de la mesme sorte;
        Il en est d'une humeur accorte,
        Sans bruit, sans fiel & sans couroux,
        Qui privez, complaisans & doux,
        Suivant les jeunes Demoiselles,
Jusque dans les maisons, jusque dans les ruelles;
    Mais helas! qui ne sçait que ces Loups douceureux,
        De tous les Loups sont les plus dangereux.

LA

BARBE BLEUË.

IL estoit une fois un homme qui avoit de belles maisons
à la Ville & à la Campagne, de la vaisselle d'or &
d'argent, des meubles en broderie, & des carosses tout
dorez ; mais par malheur cet homme avoit la Barbe-bleüe :
cela le rendoit si laid & si terrible, qu'il n'estoit ni femme
ni fille qui ne s'enfuit de devant luy. Une de ses Voisines,
Dame de qualité avoit deux filles parfaitement belles. Il
luy en demanda une en Mariage, & luy laissa le choix de
celle qu'elle voudroit luy donner. Elles n'en vouloient
point toutes deux, & se le renvoyoient l'une à l'autre, ne
pouvant se resoudre à prendre un homme qui eut la barbe
bleüe. Ce qui les degoûtoit encore, c'est qu'il avoit déja
épousé plusieurs femmes, & qu'on ne sçavoit ce que ces
femmes estoient devenuës. La Barbe bleüe pour faire
connoissance, les mena avec leur Mere, & trois ou quatre
de leurs meilleures amies, & quelques jeunes gens du
voisinage, à une de ses maisons de Campagne, où on
demeura huit jours entiers. Ce n'estoit que promenades,
que parties de chasse & de pesche, que danses & festins,
que collations : on ne dormoit point, & on passoit toute
la nuit à se faire des malices les uns aux autres : enfin
tout alla si bien, que la Cadette commença à trouver

que le Maistre du logis n'avoit plus la barbe si bleüe,
& que c'estoit un fort honneste homme.   Dés qu'on fust
de retour à la Ville, le Mariage se conclut.   Au bout
d'un mois la Barbe bleüe dit à sa femme qu'il estoit
obligé de faire un voyage en Province, de six semaines
au moins, pour une affaire de consequence ; qu'il la prioit
de se bien divertir pendant son absence, qu'elle fit venir
ses bonnes amies, qu'elle les menast à la Campagne si
elle vouloit, que par tout elle fit bonne chere : Voila, luy
dit-il, les clefs des deux grands garde-meubles, voilà celles
de la vaisselle d'or & d'argent qui ne sert pas tous les
jours, voilà celles de mes coffres forts, où est mon or &
mon argent, celles des cassettes où sont mes pierreries, &
voilà le passe-par-tout de tous les appartemens : pour cette
petite clef-cy, c'est la clef du cabinet au bout de la grande
gallerie de l'appartement bas : ouvrez tout, allez par tout,
mais pour ce petit cabinet je vous deffens d'y entrer, & je
vous le deffens de telle sorte, que s'il vous arrive de
l'ouvrir, il n'y a rien que vous ne deviez attendre de ma
colere.   Elle promit d'observer exactement tout ce qui luy
venoit d'estre ordonné : & luy, après l'avoir embrassée, il
monte dans son carosse, & part pour son voyage.   Les
voisines & les bonnes amies n'attendirent pas qu'on
les envoyast querir pour aller chez la jeune Mariée, tant
elles avoient d'impatience de voir toutes les richesses de sa
Maison, n'ayant osé y venir pendant que le Mari y estoit,
à cause de sa Barbe bleüe qui leur faisoit peur.   Les
voilà aussi-tost à parcourir les chambres, les cabinets, les
garderobes, toutes plus belles & plus riches les unes que les

autres. Elles monterent en suite aux gardemeubles, où
elles ne pouvoient assez admirer le nombre & la beauté
des tapisseries, des lits, des sophas, des cabinets, des
gueridons, des tables & des miroirs, où l'on se voyoit
depuis les pieds jusqu'à la teste, & dont les bordures les
unes de glace, les autres d'argent, & de vermeil doré,
estoient les plus belles & les plus magnifiques qu'on eut
jamais veuës : Elles ne cessoient d'exagerer & d'envier le
bon heur de leur amie, qui cependant ne se divertissoit
point à voir toutes ces richesses, à cause de l'impatience
qu'elle avoit d'aller ouvrir le cabinet de l'appartement bas.
Elle fut si pressée de sa curiosité, que sans considerer
qu'il estoit malhonneste de quitter sa compagnie, elle y
descendit par un petit escalier dérobé, & avec tant de
precipitation, qu'elle pensa se rompre le cou deux ou trois
fois. Estant arrivée à la porte du cabinet, elle s'y arresta
quelque temps, songeant à la deffense que son Mari luy
avoit faite, & considerant qu'il pourroit luy arriver malheur
d'avoir esté desobeïssante ; mais la tentation estoit si forte
qu'elle ne put la surmonter : elle prit donc la petite clef, &
ouvrit en tremblant la porte du cabinet. D'abord elle ne
vit rien, parce que les fenestres estoient fermées ; aprés
quelques momens elle commença à voir que le plancher
estoit tout couvert de sang caillé, & que dans ce sang
se miroient les corps de plusieurs femmes mortes, &
attachées le long des murs. (C'étoit toutes les femmes que
la Barbe bleuë avoit épousées & qu'il avoit égorgées l'une
aprés l'autre.) Elle pensa mourir de peur, & la clef du
cabinet qu'elle venoit de retirer de la serrure luy tomba de

la main : aprés avoir un peu repris ses esprits, elle ramassa
la clef, referma la porte, & monta à sa chambre pour se
remettre un peu, mais elle n'en pouvoit venir à bout, tant
elle estoit émeuë.   Ayant remarqué que la clef du cabinet
étoit tachée de sang, elle l'essuia deux ou trois fois, mais
le sang ne s'en alloit point ; elle eut beau la laver, &
mesme la frotter avec du sablon & avec du grais, il
demeura toûjours du sang, car la clef estait Fée, & il
n'y avoit pas moyen de la nettoyer tout-à-fait : quand
on ôtoit le sang d'un costé, il revenoit de l'autre.   La
Barbe-bleuë revint de son voyage dés le soir mesme,
& dit qu'il avoit reçeu des Lettres dans le chemin, qui luy
avoient appris que l'affaire pour laquelle il estoit party, venoit
d'estre terminée à son avantage.   Sa femme fit tout ce
qu'elle pût pour luy témoigner qu'elle estoit ravie de son
promt retour.   Le lendemain il luy redemanda les clefs,
& elle les luy donna, mais d'une main si tremblante, qu'il
devina sans peine tout ce qui s'estoit passé.   D'où vient,
luy dit-il, que la clef du cabinet n'est point avec les
autres : il faut, dit-elle, que je l'aye laissée là-haut sur
ma table.   Ne manquez pas, dit la Barbe bleuë de me
la donner tantost ; aprés plusieurs remises il falut apporter
la clef.   La Barbe bleuë l'ayant considerée, dit à sa
femme, pourquoy y a-t-il du sang sur cette clef ? je n'en
sçais rien, répondit la pauvre femme, plus pasle que la
mort : Vous n'en sçavez rien, reprit la Barbe bleuë.
je le sçay bien moy, vous avez voulu entrer dans le
cabinet ? Hé bien, Madame, vous y entrerez, & irez prendre
vostre place auprés des Dames que vous y avez veuës.

Elle se jetta aux pieds de son Mari, en pleurant et en luy demandant pardon, avec toutes les marques d'un vrai repentir de n'avoir pas esté obeissante. Elle auroit attendri un rocher, belle & affligée comme elle estoit; mais la Barbe bleuë avoit le cœur plus dur qu'un rocher: Il faut mourir, Madame, luy dit-il, & tout à l'heure. Puis qu'il faut mourir, répondit-elle, en le regardant, les yeux baignez de larmes, donnez moy un peu de temps pour prier Dieu. Je vous donne un demy-quart-d'heure, reprit la Barbe bleüe, mais pas un moment davantage. Lors qu'elle fut seule, elle appella sa sœur, & luy dit, ma sœur Anne, car elle s'appelloit ainsi, monte je te prie sur le haut de la Tour, pour voir si mes freres ne viennent point, ils m'ont promis qu'ils me viendroient voir aujourd'huy, & si tu les vois, fais-leur signe de se hâter. La sœur Anne monta sur le haut de la Tour, & la pauvre affligée luy crioit de temps en temps, *Anne, ma sœur Anne, ne vois-tu rien venir.* Et la sœur Anne luy répondoit, *je ne vois rien que le Soleil qui poudroye, & l'herbe qui verdoye.* Cependant la Barbe bleüe tenant un grand coutelas à sa main, crioit de toute sa force à sa femme, descens viste, ou je monteray là-haut. Encore un moment s'il vous plaist, luy répondoit sa femme, & aussi-tost elle crioit tout bas, *Anne, ma sœur Anne, ne vois-tu rien venir,* & la sœur Anne répondoit, *je ne voy rien que le Soleil qui poudroye, & l'herbe qui verdoye.* Descens donc viste, crioit la Barbe bleüe, ou je monteray là haut. Je m'en vais, répondoit sa femme, & puis elle crioit *Anne, ma sœur Anne, ne vois-tu rien venir.* Je

vois, répondit la sœur Anne, une grosse poussiere qui
vient de ce costé-cy.   Sont-ce mes freres ?   Helas, non,
ma sœur, c'est un Troupeau de Moutons.   Ne veux-tu pas
descendre, crioit la Barbe bleuë.   Encore un moment
répondoit sa femme & puis elle crioit, *Anne, ma sœur
Anne, ne vois-tu rien venir*, Je vois, répondit-elle, deux
Cavaliers qui viennent de ce costé-cy, mais il sont bien loin
encore : Dieu soit loué, s'écria-t'elle un moment aprés, ce
sont mes freres ; je leur fais signe tant que je puis de se
haster.   La Barbe bleüe se mit à crier si fort que toute la
maison en trembla.   La pauvre femme descendit, & alla se
jetter à ses pieds tout épleurée & toute échevelée : Cela ne
sert de rien, dit la Barbe bleuë, il faut mourir, puis la prenant
d'une main par les cheveux, & de l'autre levant le coutelas
en l'air, il alloit luy abbattre la teste.   La pauvre femme se
tournant vers luy, & le regardant avec des yeux mourans,
le pria de luy donner un petit moment pour se recueillir :
Non, non, dit-il, recommande-toy bien à Dieu ; & levant
son bras. . . .   Dans ce moment on heurta si fort à la porte,
que la Barbe bleuë s'arresta tout court : on ouvrit, & aussi-
tost on vit entrer deux Cavaliers, qui mettant l'épée à la
main, coururent droit à la Barbe bleüe.   Il reconnut que
c'étoit les freres de sa femme, l'un Dragon & l'autre
Mousquetaire, desorte qu'il s'enfuit aussi-tost pour se
sauver : mais les deux freres le poursuivirent de si prés,
qu'ils l'attraperent avant qu'il pust gagner le perron : Ils
luy passerent leur épée au travers du corps, & le laisserent
mort. La pauvre femme estoit presque aussi morte que son
Mari, & n'avoit pas la force de se lever pour embrasser ses

Freres. Il se trouva que la Barbe bleüe n'avoit point d'heritiers, & qu'ainsi sa femme demeura maîtresse de tous ses biens. Elle en employa une partie à marier sa sœur Anne avec un jeune Gentilhomme, dont elle estoit aimée depuis long-temps ; une autre partie à acheter des Charges de Capitaine à ses deux freres ; & le reste à se marier elle-mesme à un fort honneste homme, qui luy fit oublier le mauvais temps qu'elle avoit passé avec la Barbe bleuë.

MORALITÉ.

LA curiosité malgré tous ses attraits,
  Couste souvent bien des regrets ;
On en voit tous les jours mille exemples paroistre,
C'est, n'en déplaise au sexe, un plaisir bien leger,
  Dés qu'on le prend il cesse d'estre,
  Et toûjours il couste trop cher.

AUTRE MORALITÉ.

POur peu qu'on ait l'esprit sensé,
  Et que du Monde on sçache le grimoire,
  On voit bien-tost que cette histoire
  Est un conte du temps passé ;
  Il n'est plus d'Epoux si terrible,
  Ny qui demande l'impossible ;
  Fut-il mal-content & jaloux,
  Prés de sa femme on le voit filer doux ;
Et de quelque couleur que sa barbe puisse estre,
On a peine à juger qui des deux est le maistre.

LE MAISTRE CHAT,

OU

LE CHAT BOTTÉ.

CONTE.

UN Meusnier ne laissa pour tout biens à trois enfans qu'il avoit, que son Moulin, son Asne, & son Chat. Les partages furent bien-tôt faits, ny le Notaire, ny le Procureur n'y furent point appellés. Ils auroient eu bien-tost mangé tout le pauvre patrimoine. L'aisné eut le Moulin, le second eut l'Asne, & le plus jeune n'eut que le Chat. Ce dernier ne pouvoit se consoler d'avoir un si pauvre lot : Mes freres, disoit-il, pourront gagner leur vie honnestement en se mettant ensemble ; pour moi, lors que j'aurai mangé mon chat, & que je me seray fait un manchon de sa peau, il faudra que je meure de faim. Le Chat qui entendoit ce discours, mais qui n'en fit pas semblant, luy dit dun air posé & serieux, ne vous affligés point, mon maistre, vous n'avez qu'à me donner un Sac, & me faire faire une paire de Bottes pour aller dans les brousailles, & vous verez que vous n'êtes pas si mal partagé que vous croyez. Quoique le Maistre du Chat ne fit pas grand fond là-dessus, il lui avoit veu faire tant de tours de souplesse, pour prendre des Rats & des Souris ; comme quand il se

pendoit par les pieds, ou qu'il se cachoit dans la farine pour
faire le mort, qu'il ne desespera pas d'en estre secouru dans
sa misere. Lorsque le chat eut ce qu'il avoit demandé, il
se botta bravement ; & mettant son sac à son cou, il en prit
les cordons avec ses deux pattes de devant, & s'en alla dans
une garenne où il y avoit grand nombre de lapins. Il mit
du son & des lasserons dans son sac, & s'estendant comme
s'il eut esté mort, il attendit que quelque jeune lapin, peu
nstruit encore des ruses de ce monde, vint se fourer dans
son sac pour manger ce qu'il y avoit mis. A peine fut-il
couché, qu'il eut contentement ; un jeune étourdi de lapin
entra dans son sac, & le maistre chat tirant aussitost
les cordons le prit & le tua sans misericorde. Tout
glorieux de sa proye, il s'en alla chez le Roy &
demanda à luy parler. On le fit monter à l'Appartement
de sa Majesté, où estant entré il fit une grande reverence au
Roy, & luy dit, voylà, Sire, un Lapin de Garenne que
Monsieur le Marquis de Carabas (c'estoit le nom qu'il lui
prit en gré de donner à son Maistre) m'a chargé de vous
presenter de sa part. Dis à ton Maistre, répondit le
Roy, que je le remercie, & qu'il me fait plaisir. Un
autre fois il alla se cacher dans un blé tenant toûjours
son sac ouvert ; & lors que deux Perdrix y furent
entrées, il tira les cordons, & les prit toutes deux.
Il alla ensuite les presenter au 'Roy, comme il avoit
fait le Lapin de garenne. Le Roy receut encore avec
plaisir les deux Perdrix, & luy fit donner pour boire.
Le chat continua ainsi pendant deux ou trois mois
à porter de temps-en-temps au Roy du Gibier de la chasse

de son Maistre. Un jour qu'il sçeut que le Roy devoit aller à la promenade sur le bord de la riviere avec sa fille, la plus belle Princesse du monde, il dit à son Maistre : si vous voulez suivre mon conseil, vostre fortune est faite ; vous n'avez qu'à vous baigner dans la riviere à l'endroit que je vous montreray, & ensuite me laisser faire. Le Marquis de Carabas fit ce que son chat lui conseilloit, sans sçavoir à quoy cela seroit bon. Dans le temps qu'il se baignoit, le Roy vint à passer, & le Chat se mit à crier de toute sa force : au secours, au secours, voila Monsieur le Marquis de Carabas qui se noye. A ce cry le Roy mit la teste à la portiere, & reconnoissant le Chat qui luy avoit apporté tant de fois du Gibier, il ordonna à ses Gardes qu'on allast viste au secours de Monsieur le Marquis de Carabas. Pendant qu'on retiroit le pauvre Marquis de la riviere, le Chat s'approcha du Carosse, & dit au Roy que dans le temps que son Maistre se baignoit, il estoit venu des Voleurs qui avoient emporté ses habits, quoy qu'il eût crié au voleur de toute sa force ; le drosle les avoit cachez sous une grosse pierre. Le Roy ordonna aussi-tost aux Officiers de sa Garde-robbe d'aller querir un de ses plus beaux habits pour Monsieur le Marquis de Carabas. Le Roy luy fit mille caresses, & comme les beaux habits qu'on venoit de luy donner relevoient sa bonne mine (car il estoit beau ; & bien fait de sa personne) la fille du Roy le trouva fort à son gré, & le Comte de Carabas ne luy eut pas jetté deux ou trois regards fort respectueux, & un peu tendres, qu'elle en devint amoureuse à la folie. Le Roi voulut

qu'il mõtast dans son Carosse, & qu'il fust de la promenade : Le Chat ravi de voir que son dessein commençoit à réussir, prit les devants, & ayant rencontré
des Paysans qui fauchoient un Pré, il leur dit, *bonnes
gens qui fauchez, si vous ne dites au Roy que le pré
que vous fauchez appartient à Monsieur le Marquis de
Carabas, vous serez tous hachez menu comme chair à
pasté.* Le Roy ne manqua pas à demander aux Faucheux
à qui estoit ce Pré qu'ils fauchoient. C'est à Monsieur
le Marquis de Carabas, dirent-ils tous ensemble, car la
menace du Chat leur avoit fait peur. Vous avez là un bel
heritage, dit le Roy, au Marquis de Carabas. Vous
voyez, Sire, répondit le Marquis, c'est un pré qui ne
manque point de rapporter abondament toutes les années.
Le maistre chat qui alloit toûjours devant, rencontra des
Moissonneurs, & leur dit, *Bonnes gens qui moissonnez, si
vous ne dites que tous ces blez appartiennent à Monsieur
le Marquis de Carabas, vouz serez tous hachez menu
comme chair à pasté.* Le Roy qui passa un moment
aprés, voulut sçavoir à qui appartenoient tous les blés
qu'il voyoit. C'est à Monsieur le Marquis de Carabas,
répondirent les Moissonneurs, & le Roy s'en réjoüit
encore avec le Marquis. Le Chat qui alloit devant le
Carosse, disoit toûjours la même chose à tous ceux
qu'il rencontroit ; & le Roy estoit estonné des grands biens
de Monsieur le Marquis de Carabas. Le maistre Chat
arriva enfin dans un beau Château dont le Maistre estoit
un Ogre, le plus riche qu'on ait jamais veu, car toutes
les terres par où le Roy avoit passé estoient de la dépen-

dance de ce Chasteau : le Chat qui eut soin de s'informer
qui estoit cet Ogre, & ce qu'il sçavoit faire, demanda
à luy parler, disant qu'il n'avoit pas voulu passer si prés de
son Chasteau, sans avoir l'honneur de luy faire la réverence.
L'Ogre le receut aussi civilement que le peut un Ogre,
& le fit reposer. On m'a assuré, dit le Chat, que vous
aviez le don de vous changer en toute sorte d'Animaux,
que vous pouviez, par exemple, vous transformer en Lyon,
en Elephant ? cela est vray, répondit l'Ogre brusquement,
& pour vous le montrer, vous m'allez voir devenir Lyon.
Le Chat fut si éfrayé de voir un Lyon devant luy, qu'il
gagna aussi-tost les goûtieres, non sans peine & sans peril,
à cause de ses bottes qui ne valoient rien pour marcher sur
les tuiles. Quelque temps aprés le Chat ayant veu que
l'Ogre avoit quitté sa premiere forme, descendit, & avoüa
quil avoit eu bien peur. On m'a assuré encore, dit le
Chat, mais je ne sçaurois le croire, que vous aviez
aussi le pouvoir de prendre la forme des plus petits
Animaux, par exemple, de vous changer en un Rat, en
une souris ; je vous avoüe que je tiens cela tout à fait
impossible. Impossible ? réprit l'Ogre, vous allez voir,
& en même temps il se changea en une Souris qui
se mit à courir sur le plancher. Le chat ne l'eut
pas plustost aperçûë, qu'il se jetta dessus, & la mangea.
Cependant le Roy qui vit en passant le beau Chasteau
de l'Ogre, voulut entrer dedans. Le Chat qui entendit le
bruit du Carosse qui passoit sur le pont levis, courut
au devant, & dit au Roy : Vostre Majesté soit la bien
venuë dans le Chasteau de Monsieur le Marquis de

Carabas. Comment Monsieur le Marquis, s'écria le Roy, ce Chasteau est encore à vous, il ne se peut rien de plus beau que cette cour & que tous ces Bastimens qui l'environnent : voyons les dedans s'il vous plaist. Le Marquis donna la main à la jeune Princesse, & suivant le Roy qui montoit le premier, ils entrerent dans une grande Sale où ils trouverent une magnifique colation que l'Ogre avoit fait preparer pour ses amis qui le devoient venir voir ce même jour-là mais qui n'avoient pas osé entrer, sçachant que le Roi y estoit. Le Roy charmé des bonnes qualitez de Monsieur le Marquis de Carabas, de même que sa fille qui en estoit folle ; & voyant les grands biens qu'il possedoit, luy dit, aprés avoir beu cinq ou six coups, il ne tiendra qu'à vous Monsieur le Marquis que vous ne soyez mon gendre. Le Marquis faisant de grandes réverences, accepta l'honneur que luy faisoit le Roy; & dés le même jour épousa la Princesse. Le Chat devint grand Seigneur, & ne courut plus aprés les souris, que pour se divertir.

MORALITÉ.

Quelque grand que soit l'avantage,
  De joüir d'un riche heritage
Venant à nous de pere en fils,
Aux jeunes gens pour l'ordinaire,
L'industrie & le sçavoir faire,
Vallent mieux que des biens acquis.

Autre Moralité.

SI le fils d'un Meûnier, avec tant de vitesse,
     Gagne le cœur d'une Princesse,
. Et s'en fait regarder avec des yeux mourans,
  C'est que l'habit, la mine & la jeunesse,
     Pour inspirer de la tendresse,
N'en sont pas des moyens toûjours indifférens.

LES FÉES.

CONTE.

IL estoit une fois une veuve qui avoit deux filles, l'aînée luy ressembloit si fort & d'humeur & de visage, que qui la voyoit voyait la mere. Elles étoient toutes deux si desagreables & si orgueilleuses qu'on ne pouvoit vivre avec elles. La cadette qui estoit le vray portrait de son Pere pour la douceur & l'honnesteté, estoit avec cela une des plus belles filles qu'on eust sçeu voir. Comme on aime naturellement son semblable, cette mere estoit folle de sa fille aînée, & en même temps avoit une aversion effroyable pour la cadette. Elle la faisoit manger à la Cuisine & travailler sans cesse.

Il falloit entre-autre chose que cette pauvre enfant allast deux fois le jour puiser de l'eau à une grande demy lieuë du logis, & qu'elle en raportast plein une grande cruche. Un jour qu'elle estoit à cette fontaine, il vint à elle une pauvre femme qui la pria de lüy donner à boire? Ouy da; ma bonne mere, dit cette belle fille, & rinçant aussi tost sa cruche, elle puisa de l'eau au plus bel endroit de la fontaine, & la luy presenta, soûtenant toûjours la cruche afin qu'elle bût plus aisément. La bonne femme ayant bû, luy dit, vous estes si belle, si bonne, & si honneste, que je ne puis m'empêcher de vous faire un don, (car c'estoit une Fée qui avoit pris la

forme d'une pauvre femme de village, pour voir jusqu'où
iroit l'honnesteté de cette jeune fille.) Je vous donne pour
don, poursuivit la Fée, qu'à chaque parole que vous direz,
il vous sortira de la bouche où une Fleur, où une Pierre
précieuse. Lorsque cette belle fille arriva au logis, sa mere
la gronda de revenir si tard de la fontaine. Je vous demande
pardon, ma mere, dit cette pauvre fille, d'avoir tardé si
long-temps, & en disant ces mots il luy sortit de la bouche
deux Roses, deux Perles, & deux gros Diamans. Que
voy-je-là, dit sa mere tout estonnée, je crois qu'il luy
sort de la bouche des Perles & des Diamants, d'où vient
cela, ma fille, (ce fut là la premiere fois qu'elle l'appella
sa fille.) La pauvre enfant luy raconta naïvement tout
ce qui luy estoit arrivé, non sans jetter une infinité de
Diamants. Vrayment, dit la mere, il faut que j'y envoye
ma fille, tenez Fanchon, voyez ce qui sort de la bouche de
vôtre sœur quand elle parle, ne seriez-vous pas bien aise
d'avoir le mesme don, vous n'avez qu'à aller puiser de l'eau
à la fontaine, & quand une pauvre femme vous demandera
à boire, luy en donner bien honnestement. Il me feroit
beau voir, répondit la brutale aller à la fontaine : Je
veux que vous y alliez, reprit la mere, & tout à l'heure.
Elle y alla, mais toûjours en grondant. Elle prit le
plus beau Flacon d'argent qui fut dans le logis. Elle ne
fut pas plustost arrivée à la fontaine qu'elle vit sortir du
bois une Dame magnifiquement vestuë qui vint luy demander à boire, c'estoit la même Fée qui avoit apparu
à sa sœur, mais qui avoit pris l'air & les habits d'une
Princesse, pour voir jusqu'où iroit la malhonnesteté de

cette fille. Est-ce que je suis icy vennuë, luy dit cette brutale orgueileuse, pour vous donner à boire, justement j'ai apporté un Flacon d'argent tout exprés pour donner à boire à Madame ? J'en suis d'avis, beuvez à même si vous voulez. Vous n'estes guere honneste, reprit la Fée, sans se mettre en colere : & bien, puisque vous estes si peu obligeante, je vous donne pour don, qu'à chaque parole que vous direz, il vous sortira de la bouche ou un serpent ou un crapau. D'abord que sa mere l'aperçeut, elle luy cria, Hé bien ma fille ! Hé bien, ma mere, luy répondit la brutale, en jettant deux viperes, deux crapaux. O ! Ciel, s'écria la mere, que vois-je-là, c'est sa sœur qui en est cause, elle me le payera ; & aussi-tost elle courut pour la battre. La pauvre enfant s'enfuit, & alla se sauver dans la Forest prochaine. Le fils du Roi qui revenoit de la chasse, la rencontra, & la voyant si belle, luy demanda ce qu'elle faisoit là toute seule & ce qu'elle avoit à pleurer. Helas ! Monsieur, c'est ma mere qui m'a chassée du logis. Le fils du Roi qui vit sortir de sa bouche cinq où six Perles, & autant de Diamants, la pria de luy dire d'où cela luy venoit. Elle luy conta toute son avanture. Le fils du Roi en devint amoureux, considerant qu'un tel don valoit mieux que tout ce qu'on pouvoit donner en mariage à une autre, l'emmena au Palais du Roi son pere, où il l'épousa. Pour sa sœur elle se fit tant haïr, que sa propre mere la chassa de chez elle ; & la malheureuse aprés avoir bien couru sans trouver personne qui voulut la recevoir, alla mourir au coin d'un bois.

MORALITÉ.

L ES *Diamans & les Pistoles,*
     Peuvent beaucoup sur les Esprits ;
Cependant les douces paroles
Ont encor plus de force, & sont d'un plus grand prix.

Autre Moralité.

L '*Honnesteté couste des soins,*
    Et veut un peu de complaisance,
Mais tost ou tard elle a sa récompense,
Et souvent dans le temps qu'on y pense le moins.

CENDRILLON

OU LA PETITE

PANTOUFLE DE VERRE.

CONTE.

IL estoit une fois un Gentil-homme qui épousa en
secondes nopces une femme, la plus hautaine & la
plus fiere qu'on eut jamais veuë. Elle avoit deux filles de
son humeur, & qui luy ressembloient en toutes choses.
Le Mari avoit de son costé une jeune fille, mais d'une
douceur & d'une bonté sans exemple, elle tenoit cela de
sa Mere, qui estoit la meilleure personne du monde.
Les nopces ne furent pas plûtost faites, que la Belle-
mere fit éclater sa mauvaise humeur, elle ne pût souffrir
les bonnes qualitez de cette jeune enfant, qui rendoient ses
filles encore plus haissables. Elle la chargea des plus viles
occupations de la Maison : c'estoit elle qui nettoyoit la vai-
selle & les montées, qui frottoit la chambre de Madame, &
celles de Mesdemoiselles ses filles : elle couchoit tout au
haut de la maison dans un grenier sur une méchante
paillasse, pendant que ses sœurs estoient dans des chambres
parquetées, où elles avoient des lits des plus à la mode, &
des miroirs où elles se voyoient depuis les pieds jusqu'à la

teste ; là pauvre fille souffroit tout avec patience, & n'osoit
s'en plaindre à son pere qui l'auroit grondée, parce que sa
femme le gouvernoit entierement. Lors quelle avoit fait
son ouvrage, elle s'alloit mettre au coin de la cheminée, &
s'asseoir dans les cendres, ce qui faisoit qu'on l'appelloit
communément dans le logis Cucendron ; la cadette qui
n'estoit pas si malhonneste que son aisnée, l'appelloit Cendrillon ; cependant Cendrillon avec ses méchans habits, ne
laissoit pas d'estre cent fois plus belle que ses sœurs, quoy
que vestuës tres-magnifiquement.

Il arriva que le fils du Roi donna un bal, & qu'il en
pria toutes les personnes de qualité : nos deux Demoiselles
en furent aussi priées, car elles faisoient grande figure dans
le Pays. Les voilà bien aises & bien occupées à choisir
les habits & les coëffures qui leur seïeroient le mieux ;
nouvelle peine pour Cendrillon car c'estoit elle qui repassoit
le linge de ses sœurs & qui godronoit leurs manchettes :
on ne parloit que de la maniere dont on s'habilleroit. Moy,
dit l'aînée, je mettray mon habit de velours rouge & ma
garniture d'Angleterre. Moy, dit la cadette, je n'auray
que ma juppe ordinaire ; mais en récompense, je mettray
mon manteau à fleurs d'or, & ma barriere de diamans, qui
n'est pas des plus indifferentes. On envoya querir la
bonne coëffeuse, pour dresser les cornettes à deux rangs, &
on fit acheter des mouches de la bonne Faiseuse : elles
appellerent Cendrillon pour luy demander son avis, car elle
avoit le goût bon. Cendrillon les conseilla le mieux du
monde, & s'offrit mesme à les coëffer ; ce qu'elles voulurent
bien. En les coëffant, elles luy disoient, Cendrillon,

serois-tu bien aise d'aller au Bal ? Helas, Mesdemoiselles, vous vous mocquez de moy, ce n'est pas là ce qu'il me faut : tu as raison ; on riroit bien, si on voyoit un Culcendron aller au Bal. Une autre que Cendrillon les auroit coëffées de travers ; mais elle estoit bonne, & elle les coëffa parfaitement bien. Elles furent prés de deux jours sans manger, tant elles estoient transportées de joye : on rompit plus de douze lacets à force de les serrer pour leur rendre la taille plus menuë, & elles estoient toûjours devant leur miroir. Enfin l'heureux jour arriva, on partit, & Cendrillon les suivit des yeux le plus longtems qu'elle pût ; lors qu'elle ne les vit plus, elle se mit à pleurer. Sa Maraine qui la vit toute en pleurs, luy demanda ce qu'elle avoit : Je voudrois bien. . . . Je voudrois bien. . . . Elle pleuroit si fort qu'elle ne pût achever : sa Maraine qui estoit Fée, luy dit, tu voudrois bien aller au Bal, n'est-ce pas ; Helas ouy, dit Cendrillon en soûpirant : Hé bien, seras tu bonne fille, dit sa Maraine, je t'y feray aller ? Elle la mena dans sa chambre, & luy dit, va dans le jardin & apporte-moy une citroüille : Cendrillon alla aussi-tost cueillir la plus belle qu'elle put trouver, & la porta à sa Maraine, ne pouvant deviner comment cette citroüille la pourroit faire aller au Bal : sa Maraine la creusa, & n'ayant laissé que l'écorce, la frappa de sa baguette, & la citroüille fut aussi-tost changée en un beau carosse tout doré. Ensuite elle alla regarder dans sa sourissiere, où elle trouva six souris toutes en vie, elle dit à Cendrillon de lever un peu la trappe de la sourissiere, & à chaque souris qui sortoit, elle lui donnoit un coup de sa baguette, & la souris estoit aussi-tost changée en un beau cheval ; ce qui fit un bel attelage de six chevaux, d'un beau gris de souris pommelé : Comme elle estoit en peine de quoy elle feroit un Cocher, je vais voir, dit Cendrillon, s'il n'y a point quelque rat dans la ratiere, nous en ferons un Cocher : Tu as raison, dit sa Maraine, va voir : Cendrillon luy apporta la ratiere, où il y avoit trois gros rats : La Fée en prit un d'entre les trois, à cause de sa maîtresse barbe, & l'ayant touché, il fut changé en un gros Cocher, qui avoit une des plus belles moustaches qu'on ait jamais veuës. Ensuite elle luy dit, va dans le jardin, tu y trouveras six lezards derriere l'arrosoir, apporte-les-moy, elle ne les eut pas plûtost apportez, que la Maraine les changea en six La-quais, qui monterent aussi-tost derriere le carosse avec leurs habits chamarez, & qui s'y tenoient attachez, comme s'ils n'eussent fait autre chose de toute leur vie. La Fée dit alors à Cendrillon : Hé bien, voilà de quoy aller au bal, n'es-tu pas bien aise ? Ouy, mais est ce que j'irai comme cela avec mes vilains habits : Sa Maraine ne fit que la toucher avec sa baguette, & en même tems ses habits furent changez en des habits de drap d'or & d'argent, tout chamarez de pierreries : elle luy donna ensuite une paire de pantoufles de verre, les plus jolies du monde. Quand elle fut ainsi parée, elle monta en carosse ; mais sa Maraine luy recommanda sur toutes choses de ne pas passer minuit, l'avertissant que si elle demeuroit au Bal un moment davantage, son carosse redeviendroit citrotiille, ses chevaux des souris, ses laquais des lezards, & que ses vieux habits reprendroient leur premiere forme. Elle

promit à sa Maraine qu'elle ne manqueroit pas de sortir
du Bal avant minuit : Elle part, ne se sentant pas
de joye. Le Fils du Roi qu'on alla avertir, qu'il venoit
d'arriver une grande Princesse qu'on ne connoissoit point,
courut la recevoir ; il luy donna la main à la descente du
carosse, & la mena dans la salle où estoit la compagnie : il
se fit alors un grand silence ; on cessa de danser, & les
violons ne joüerent plus, tant on estoit attentif à contempler
les grandes beautez de cette inconnuë : on n'entendoit
qu'un bruit confus, ha, qu'elle est belle ! le Roi même
tout vieux qu'il estoit, ne laissoit pas de la regarder, & de
dire tout bas à la Reine, qu'il y avoit long-tems qu'il n'avoit
vû une si belle & si aimable personne. Toutes les Dames
estoient attentives à considerer sa coëffure et ses habits,
pour en avoir dés le lendemain de semblables, pourveu qu'il
se trouvast des étoffes assez belles, et des ouvriers assez
habiles. Le Fils du Roi la mit à la place la plus honorable,
& ensuite la prit pour la mener danser : elle dança avec
tant de grace, qu'on l'admira encore davantage. On apporta
une fort belle collation, dont le jeune Prince ne mangea
point, tant il estoit occupé à la considerer. Elle alla
s'asseoir auprés de ses sœurs, & leur fit mille honnestetez :
elle leur fit part des oranges & des citrons que le Prince
luy avoit donnez ; ce qui les estonna fort, car elles ne la
connoissoient point. Lorsqu'elles causoient ainsi, Cendrillon entendit sonner onze heures trois quarts : elle
fit aussi-tost une grande reverence à la compagnie, &
s'en alla le plus viste qu'elle pût. Dés qu'elle fut arrivée,
elle alla trouver sa Maraine, & aprés l'avoir remerciée,

elle luy dit qu'elle souhaiteroit bien aller encore le lendemain au Bal, parce que le Fils du Roi l'en avoit priée.
Comme elle estoit occupée à raconter à sa Maraine
tout ce qui s'étoit passé au Bal, les deux sœurs heurterent
à la porte ; Cendrillon leur alla ouvrir : Que vous estes
longtems à revenir, leur dit-elle, en baillant, en se frottant
les yeux, & en s'étendant comme si elle n'eust fait que
de se réveiller : elle n'avoit cependant pas eu envie de
dormir depuis qu'elles s'estoient quittées : Si tu estois
venuë au Bal, luy dit une de ses sœurs, tu ne t'y serois
pas ennuyée : il y est venu la plus belle Princesse, la plus
belle qu'on puisse jamais voir ; elle nous a fait mille
civilitez, elle nous a donné des oranges & des citrons.
Cendrillon ne se sentoit pas de joye : elle leur demanda
le nom de cette Princesse ; mais elles luy répondirent qu'on
ne la connoissoit pas, que le Fils du Roi en estoit fort en
peine, & qu'il donneroit toutes choses au monde pour
sçavoir qui elle estoit. Cendrillon sourit & leur dit, elle
estoit donc bien belle ? Mon Dieu que vous estes heu-
reuses, ne pourrois-je point la voir ? Helas ! Mademoiselle
Javotte, prestez-moy votre habit jaune que vous mettez
tous les jours : vraiment, dit Mademoiselle Javotte, je suis
de cet avis, prestez vostre habit à un vilain Cucendron
comme cela, il faudroit que je fusse bien folle. Cendrillon
s'attendoit bien à ce refus, & elle en fut bien aise, car elle
auroit esté grandement embarrassée si sa sœur eut bien
voulu luy prester son habit. Le lendemain les deux sœurs
furent au Bal, & Cendrillon aussi, mais encore plus parée
que la premiere fois. Le Fils du Roi fut toûjours auprés

d'elle, & ne cessa de luy conter des douceurs ; la jeune
Demoiselle ne s'ennuyoit point, & oublia ce que sa Maraine
luy avoit recommandé ; de sorte qu'elle entendit sonner le
premier coup de minuit, lors qu'elle ne croyoit pas qui fut
encore onze heures : elle se leva & s'enfüit aussi legere-
ment qu'auroit fait une biche : le Prince la suivit, mais il ne
pût l'attraper ; elle laissa tomber une de ses pantoufles de
verre, que le prince ramassa bien soigneusement. Cendrillon arriva chez elle bien essouflée, sans carosse, sans
laquais, & avec ses méchants habits, rien ne luy estant res-
té de toute sa magnificence, qu'une de ses petites pantoufles,
la pareille de celle qu'elle avoit laissé tomber. On demanda aux Gardes de la porte du Palais s'ils n'avoient
point veu sortir une Princesse ; ils dirent qu'ils n'avoient
vû sortir personne, qu'une jeune fille fort mal vestuë, &
qui avoit plus l'air d'une Paysanne que d'une Demoiselle.
Quand ses deux sœurs revinrent du Bal, Cendrillon leur
demanda si elles s'estoient encore bien diverties, & si la
belle Dame y avoit esté : elles luy dirent que oüy, mais
qu'elle s'estoit enfuye lorsque minuit avoit sonné, & si
promptement qu'elle avoit laissé tomber une de ses petites
pantoufles de verre, la plus jolie du monde ; que le fils du
Roy l'avoit ramassée, & qu'il n'avoit fait que la regarder
pendant tout le reste du Bal, & qu'assurément il estoit fort
amoureux de la belle personne à qui appartenoit la petite
pantoufle. Elles dirent vray, car peu de jours aprés, le fils
du Roy fit publier à son de trompe, qu'il épouseroit celle dont
le pied seroit bien juste à la pantoufle. On commença à
l'essayer aux Princesses, ensuite aux Duchesses, & à toute la

Cour, mais inutilement : on la porta chez les deux sœurs, qui firent tout leur possible pour faire entrer leur pied dans la pantoufle, mais elles ne purent en venir à bout. Cendrillon qui les regardoit, & qui reconnut sa pantoufle, dit en riant, que je voye si elle ne me seroit pas bonne : ses sœurs se mirent à rire & à se mocquer d'elle. Le Gentilhomme qui faisoit l'assay de la pantoufle ayant regardé attentivement Cendrillon, & la trouvant forte belle, dit que cela estoit juste, & qu'il avoit ordre de l'essayer à toutes les filles : il fit asseoir Cendrillon, & approchant la pantoufle de son petit pied, il vit qu'elle y entroit sans peine, & qu'elle y estoit juste comme de cire. L'étonnement des deux sœurs fut grand, mais plus grand encore quand Cendrillon tira de sa poche l'autre petite pantoufle qu'elle mit à son pied. Là-dessus arriva la Maraine qui ayant donné un coup de sa baguette sur les habits de Cendrillon, les fit devenir encore plus magnifiques que tous les autres.

Alors ses deux sœurs la reconnurent pour la belle personne qu'elles avoient veüe au Bal. Elles se jetterent à ses pieds pour luy demander pardon de tous les mauvais traittemens qu'elles luy avoient fait souffrir. Cendrillon les releva, & leur dit en les embrassant, qu'elle leur pardonnoit de bon cœur, & qu'elle les prioit de l'aimer bien toûjours. On la mena chez le jeune Prince, parée comme elle estoit : il la trouva encore plus belle que jamais, & peu de jours aprés il l'épousa. Cendrillon qui estoit aussi bonne que belle, fit loger ses deux sœurs au Palais, & les maria dés le jour même à deux grands Seigneurs de la Cour.

MORALITÉ.

L A beauté pour le sexe est un rare tresor,
De l'admirer jamais on ne se lasse ;
  Mais ce qu'on nomme bonne grace,
  Est sans prix, & vaut mieux encor.

C'est ce qu'à Cendrillon fit avoir sa Maraine,
  En la dressant, en l'instruisant,
  Tant & si bien qu'elle en fit une Reine :
(Car ainsi sur ce Conte on va moralisant.)

Belles, ce don vaut mieux que d'estre bien coëffées,
Pour engager un cœur, pour en venir à bout,
  La bonne grace est le vrai don des Fées ;
Sans elle on ne peut rien, avec elle on peut tout.

Autre Moralité.

C 'Est sans doute un grand avantage,
  D'avoir de l'esprit, du courage,
  De la naissance, du bon sens,
  Et d'autres semblables talens,
  Qu'on reçoit du Ciel en partage ;
  Mais vous aurez beau les avoir,
Pour vostre avancement ce seront choses vaines ;
  Si vous n'avez, pour les faire valoir,
  Ou des parrains ou des maraines.

E

RIQUET

A LA HOUPPE.

CONTE.

IL estoit une fois une Reine qui accoucha d'un fils, si
laid & si mal fait, qu'on douta long-tems s'il avoit
forme humaine. Une Fée qui se trouva à sa naissance,
asseura qu'il ne laisseroit pas d'estre aimable, parce qu'il auroit
beaucoup d'esprit ; elle ajoûta même qu'il pourroit en vertu
du don qu'elle venoit de luy faire, donner autant d'esprit
qu'il en auroit, à la personne qu'il aimeroit le mieux.
Tout cela consola un peu la pauvre Reine, qui estoit
bien affligée d'avoir mis au monde un si vilain marmot.
Il est vray que cet enfant ne commença pas plustost à
parler, qu'il dit mille jolies choses, & qu'il avoit dans toutes
ses actions je ne sçay quoi de si spirituel, qu'on en estoit
charmé. J'oubliois de dire qu'il vint au monde avec une petite houppe de cheveux sur la teste, ce qui fit qu'on le nomma
Riquet à la houppe, car Riquet estoit le nom de la famille.

Au bout de sept ou huit ans la Reine d'un Royaume voisin accoucha de deux filles, la premiere qui vint
au monde estoit plus belle que le jour : la Reine en fut si
aise, qu'on apprehenda que la trop grande joye qu'elle en
avoit ne luy fit mal. La même Fée qui avoit assisté à la
naissance du petit Riquet à la houppe estoit presente,

& pour moderer la joye de la Reine, elle luy declara que cette petite Princesse n'auroit point d'esprit, & qu'elle seroit aussi stupide qu'elle estoit belle. Cela mortifia beaucoup la Reine; mais elle eut quelques momens aprés · un bien plus grand chagrin, car la seconde fille dont elle acoucha, se trouva extrémement laide, Ne vous affligez point tant Madame, luy dit la Fée; vostre fille sera récompensée d'ailleurs, & elle aura tant d'esprit, qu'on ne s'appercevra presque pas qu'il luy manque de la beauté. Dieu le veuille, répondit la Reine, mais n'y auroit-il point moyen de faire avoir un peu d'esprit à l'aînée qui est si belle? Je ne puis rien pour elle, Madame, du costé de l'esprit, luy dit la Fée, mais je puis tout du costé de la beauté; & comme il n'y a rien que je ne veüille faire pour vôtre satisfaction, je vais luy donner pour don, de pouvoir rendre beau ou belle la personne qui luy plaira. A mesure que ces deux Princesses devinrent grandes, leurs perfections crûrent aussi avec elles, & on ne parloit par tout que de la beauté de l'aisnée, & de l'esprit de la cadette. Il est vray aussi que leurs défauts augmenterent beaucoup avec l'âge. La cadette enlaidissoit à veuë d'œil, & l'aisnée devenoit plus stupide de jour en jour. Ou elle ne répondoit rien à ce qu'on luy demandoit, ou elle disoit une sottise. Elle estoit avec cela si mal-a-droite, qu'elle n'eust pû ranger quatre Porcelaines sur le bord d'une cheminée sans en casser une, ny boire un verre d'eau sans en répandre la moitié sur ses habits. Quoy que la beauté soit un grand avantage dans une jeune personne, cependant la cadette l'emportoit presque

toûjours sur son aînée dans toutes les Compagnies.
D'abord on alloit du costé de la plus belle pour la voir
& pour l'admirer, mais bien tost aprés, on alloit à celle qui
avoit le plus d'esprit, pour luy entendre dire mille choses
agreables ; & on estoit estonné qu'en moins d'un quart
d'heure l'aînée n'avoit plus personne auprés d'elle, & que
tout le monde s'estoit rangé autour de la cadette. L'aisnée
quoyque fort stupide, le remarqua bien, & elle eut donné
sans regret toute sa beauté pour avoir la moitié de l'esprit
de sa sœur. La Reine toute sage qu'elle estoit, ne pût
s'empêcher de luy reprocher plusieurs fois sa bestise, ce
qui pensa faire mourir de douleur cette pauvre Princesse.
Un jour qu'elle s'estoit retirée dans un bois pour y
plaindre son malheur, elle vit venir à elle un petit homme
fort laid & fort desagreable, mais vestu tres-magnifiquement. C'estoit le jeune Prince Riquet à la houppe, qui
estant devenu amoureux d'elle sur ses Portraits qui cour-
roient par tout le monde, avoit quitté le Royaume de son
pere pour avoir le plaisir de la voir et de luy parler. Ravi
de la rencontrer ainsi toute seule, il l'aborde avec tout le
respect & toute la politesse imaginable. Ayant remarqué
aprés luy avoir fait les complimens ordinaires, qu'elle estoit
fort melancolique, il luy dit ; je ne comprens point,
Madame, comment une personne aussi belle que vous
l'estes, peut estre aussi triste que vous le paroissez ; car
quoyque je puisse me vanter d'avoir veu une infinité de
belles personnes, je puis dire que je n'en ay jamais vû
dont la beauté aproche de la vostre. Cela vous plaist à
dire, Monsieur, luy répondit la Princesse, & en demeure

là. La beauté, reprit Riquet à la houppe, est un si grand avantage qu'il doit tenir lieu de tout le reste ; & quand on le possede, je ne voy pas qu'il y ait rien qui puisse nous affliger beaucoup. J'aimerois mieux, dit la Princesse, estre aussi laide que vous & avoir de l'esprit, que d'avoir de la beauté comme j'en ay, & estre beste autant que je le suis. Il n'y a rien, Madame, qui marque davantage qu'on a de l'esprit, que de croire n'en pas avoir, & il est de la nature de ce bien là, que plus on en a, plus on croit en manquer. Je ne sçay pas cela, dit la Princesse, mais je sçay bien que je suis fort beste, & c'est de là que vient le chagrin qui me tuë. Si ce n'est que cela, Madame, qui vous afflige, je puis aisément mettre fin à vostre douleur. Et comment ferez-vous, dit la Princesse ; J'ay le pouvoir, Madame, dit Riquet à la houppe, de donner de l'esprit autant qu'on en sçauroit avoir à la personne que je dois aimer le plus ; & comme vous estes, Madame, cette personne, il ne tiendra qu'à vous que vous ˗ n'ayez autant d'esprit qu'on en peut avoir, pourvû que vous vouliez bien m'épouser. La Princesse demeura toute interdite, & ne répondit rien. Je voy, reprit Riquet à la houppe, que cette proposition vous fait de la peine, & je ne m'en estonne pas ; mais je vous donne un an tout entier pour vous y resoudre. La Princesse avoit si peu d'esprit, & en même temps une si grande envie d'en avoir, qu'elle s'imagina que la fin de cette année ne viendroit jamais ; de sorte qu'elle accepta la proposition qui luy estoit faite. Elle n'eut pas plustost promis à Riquet à la houppe, qu'elle l'épouseroit dans un an à pareil jour, qu'elle se sentit tout autre qu'elle n'estoit auparavant ; elle se trouva une facilité incroyable à dire tout ce qui luy plaisoit, & à le dire d'une maniere fine, aisée et naturelle : elle commença dés ce moment une conversation galante, & soutenuë avec Riquet à la houppe, où elle brilla d'une telle force, que Riquet à la houppe crut luy avoir donné plus d'esprit qu'il ne s'en estoit reservé pour luy-même. Quand elle fut retournée au Palais, toute la Cour ne sçavoit que penser d'un changement si subit & si extraordinaire, car autant qu'on luy avoit oüy dire d'impertinences auparavant, autant luy entendoit-on dire des choses bien sensées & infiniment spirituelles. Toute la Cour en eut une joye qui ne se peut imaginer, il n'y eut que sa cadette qui n'en fut pas bien aise, parce que n'ayant plus sur son aînée l'avantage de l'esprit, elle ne paroissoit plus auprés d'elle qu'une Guenon fort desagreable. Le Roi se conduisoit par ses avis, & alloit même quelquefois tenir le Conseil dans son Appartement. Le bruit de ce changement s'estant répandu, tous les jeunes Princes des Royaumes voisins firent leurs efforts pour s'en faire aimer, & presque tous la demanderent en Mariage ; mais elle n'en trouvoit point qui eust assez d'esprit, & elle les écoutoit tous sans s'engager à pas un d'eux. Cependant il en vint un si puissant, si riche, si spirituel & si bien fait, qu'elle ne pust s'empêcher d'avoir de la bonne volonté pour luy. Son pere s'en estant apperçeu, luy dit qu'il la faisoit la maistresse sur le choix d'un Epoux, & qu'elle n'avoit qu'à se déclarer. Comme plus on a d'esprit, & plus on a de peine à prendre une ferme

resolution sur cette affaire, elle demanda, aprés avoir re-
mercié son pere, qu'il luy donnast du temps pour y penser.
Elle alla par hazard se promener dans le même bois où
elle avoit trouvé Riquet à la houppe, pour rêver plus
commodement à ce qu'elle avoit à faire. Dans le tems
qu'elle se promenoit, rêvant profondement, elle entendit un
bruit sourd sous ses pieds, comme de plusieurs personnes
qui vont & viennent & qui agissent. Ayant presté l'oreille
plus attentivement, elle ouït que l'un disoit apporte-moy
cette marmite, l'autre donne-moy cette chaudiere, l'autre
mets du bois dans ce feu. La terre s'ouvrit dans le même
temps, & elle vit sous ses pieds comme une grande Cuisine
pleine de Cuisiniers, de Marmitons & de toutes sortes
d'Officiers necessaires pour faire un festin magnifique. Il
en sortit une bande de vingt ou trente Rotisseurs, qui
allerent se camper dans une allée du bois autour d'une
table fort longue, & qui tous, la lardoire à la main, &
la queuë de Renard sur l'oreille, se mirent à travailler
en cadence au son d'une Chanson harmonieuse. La
Princesse estonnée de ce spectacle, leur demanda pour
qui ils travailloient. C'est, Madame, luy répondit le
plus apparent de la bande, pour le Prince Riquet à la
houppe, dont les nopces se feront demain. La Princesse
encore plus surprise qu'elle ne l'avoit esté, & se resouvenant
tout à coup qu'il y avoit un an qu'à pareil jour, elle avoit
promis d'épouser le Prince Riquet à la houppe, elle pensa
tomber de son haut. Ce qui faisoit qu'elle ne s'en souve-
noit pas, c'est que quand elle fit cette promesse, elle estoit
une bête, & qu'en prenant le nouvel esprit que le Prince

luy avoit donné, elle avoit oublié toutes ses sottises.
Elle n'eut pas fait trente pas en continuant sa promenade,
que Riquet à la houppe se presenta à elle, brave, magnifique, & comme un Prince qui va se marier. Vous me
voyez, dit-il, Madame, exact à tenir ma parole, & je ne
doute point que vous ne veniez ici pour executer la vostre,
& me rendre, en me donnant la main, le plus heureux de
tous les hommes. Je vous avoüeray franchement, répondit
la Princesse, que je n'ay pas encore pris ma resolution là-
dessus, & que je ne croy pas pouvoir jamais la prendre
telle que vous la soühaitez. Vous m'étonnez, Madame,
lui dit Riquet à la houppe : Je le croy, dit la Princesse, &
assurément si j'avois affaire à un brutal, à un homme sans
esprit, je me trouverois bien embarassée. Une Princesse
n'a que sa parole, me diroit-il, & il faut que vous m'épou-
siez, puisque vous me l'avez promis ; mais comme celuy à
qui je parle est l'homme du monde qui a le plus d'esprit,
je suis seure qu'il entendra raison. Vous sçavez que
quand je n'estois qu'une beste, je ne pouvois neanmoins me
resoudre à vous épouser, comment voulez-vous qu'ayant
l'esprit que vous m'avez donné, qui me rend encore plus
difficile en gens que je n'estois, je prenne aujourd'huy une
résolution que je n'ay pû prendre dans ce temps-là. Si vous
pensiez tout de bon à m'épouser, vous avez eu grand tort de
m'oster ma bestise, & de me faire voir plus clair que je ne
voyois. Si un homme sans esprit, répondit Riquet à la
houppe, seroit bien reçeu, comme vous venez de le dire, à
vous reprocher vostre manque de parole, pourquoi voulez-
vous, Madame, que je n'en use pas de mesme, dans une chose

où il y va de tout le bonheur de ma vie ; est-il raisonnable que les personnes qui ont de l'esprit, soient d'une pire condition que ceux qui n'en ont pas ; le pouvez-vous prétendre, vous qui en avez tant, & qui avez tant souhaité d'en avoir ? mais venons au fait, s'il vous plaist : A la reserve de ma laideur, y a-t'il quelque chose en moy qui vous déplaise, estes-vous malcontente de ma naissance, de mon esprit, de mon humeur, & de mes manieres ? Nullement, répondit la Princesse, j'aime en vous tout ce que vous venez de me dire. Si cela est ainsi, reprit Riquet à la houppe, je vais estre heureux, puisque vous pouvez me rendre le plus aimable de tous les hommes. Comment cela se peut-il faire ? luy dit la Princesse. Cela se fera, répondit Riquet à la houppe, si vous m'aimez assez pour souhaiter que cela soit ; & afin, Madame, que vous n'en doutiez pas, sçachez que la même Fée qui au jour de ma naissance me fit le don de pouvoir rendre spirituelle la personne qu'il me plairoit, vous a aussi fait le don de pouvoir rendre beau celuy que vous aimerez, & à qui vous voudrez bien faire cette faveur. Si la chose est ainsi, dit la Princesse, je souhaite de tout mon cœur que vous deveniez le Prince du monde le plus beau & le plus aimable ; & je vous en fais le don autant qu'il est en moy. La Princesse n'eut pas plustost prononcé ces paroles, que Riquet à la houppe parut à ses yeux, l'homme du monde le plus beau, le mieux fait, & le plus aimable quelle eust jamais vû. Quelques-uns asseurent que ce ne furent point les charmes de la Fée qui opererent, mais que l'amour seul fit cette Metamorphose. Ils disent que la

Princesse ayant fait reflexion sur la perseverance de son Amant, sur sa discretion, & sur toutes les bonnes qualitez de son ame & de son esprit, ne vit plus la difformité de son corps, ny la laideur de son visage, que sa bosse ne luy sembla plus que le bon air d'un homme qui fait le gros dos; & qu'au lieu que jusqu'à lors elle l'avoit vû boiter effroyablement, elle ne luy trouva plus qu'un certain air penché qui la charmoit; ils disent encore que ses yeux qui estoient louches, ne luy en parurent que plus brillans, que leur déreglement passa dans son esprit pour la marque d'un violent excez d'amour, & qu'enfin son gros nez rouge eut pour elle quelque chose de Martial et d'Heroïque. Quoyqu'il en soit, la Princesse luy promit sur le champ de l'épouser, pourvû qu'il en obtint le consentement du Roy son Pere. Le Roy ayant sçû que sa fille avoit beaucoup d'estime pour Riquet à la houppe, qu'il connoissoit d'ailleurs pour un Prince tres-spirituel & tres-sage, le receut avec plaisir pour son gendre. Dés le lendemain les nopces furent faites, ainsi que Riquet à la houppe l'avoit prévû, & selon les ordres qu'il en avoit donnez longtemps auparavant.

MORALITÉ.

*C*E *que l'on voit dans cet écrit,*
Est moins un conte en l'air que la verité même;
Tout est beau dans ce que l'on aime,
Tout ce qu'on aime a de l'esprit.

Autre Moralité.

D<small>Ans</small> un objet où la Nature,
   Aura mis de beaux traits, & la vive peinture
D'un teint où jamais l'Art ne sçauroit arriver,
Tous ces dons pourront moins pour rendre un cœur sensible,
   Qu'un seul agrément invisible,
   Que l'Amour y fera trouver.

LE PETIT

POUCET

CONTE.

———————

IL estoit une fois un Bucheron & une Bucheronne, qui avoient sept enfans tous Garçons. L'aîné n'avoit que dix ans, & le plus jeune n'en avoit que sept. On s'estonnera que le Bucheron ait eu tant d'enfans en si peu de temps ; mais c'est que sa femme alloit viste en besongne, & n'en faisoit pas moins que deux à la fois. Ils estoient fort pauvres, & leur sept enfans les incommodoient beaucoup, parce qu'aucun d'eux ne pouvoit encore gagner sa vie. Ce qui les chagrinoit encore, c'est que le plus jeune estoit fort delicat, & ne disoit mot, prenant pour bestise, ce qui estoit une marque de la bonté de son esprit : il estoit fort petit, & quand il vint au monde il n'estoit gueres plus gros que le pouce, ce qui fit que l'on l'appella le petit Poucet. Ce pauvre enfant estoit le souffre douleurs de la maison, & on luy donnoit toûjours le tort. Cependant il estoit le plus fin, & le plus avisé de tous ses freres, & s'il parloit peu, il écoutoit beaucoup. Il vint une année tres-fâcheuse, & la famine fut si grande, que ces pauvres gens resolurent de se deffaire de leurs enfans. Un soir que ces enfans estoient couchez, &

que le Bucheron estoit auprés du feu avec sa femme, il luy dit, le cœur serré de douleur ?   Tu vois bien que nous ne pouvons plus nourir nos enfans : je ne sçaurois les voir mourir de faim devant mes yeux, & je suis resolu de les mener perdre demain au bois, ce qui sera bien aisé, car tandis qu'ils s'amuseront à fagoter, nous n'avons qu'à nous enfuir sans qu'ils nous voyent.   Ah ! s'écria la Bucheronne, pourrois-tu bien toy-même mener perdre tes enfans ?   Son mary avoit beau luy representer leur grande pauvreté, elle ne pouvoit y consentir ;   elle estoit pauvre, mais elle estoit leur mere :   Cependant ayant consideré quelle douleur ce luy seroit de les voir mourir de faim, elle y consentit, & alla se coucher en pleurant. Le petit Poucet oüit tout ce qu'ils dirent, car ayant entendu de dedans son lit qu'ils parloient d'affaires, il s'estoit levé doucement, & s'estoit glissé sous l'escabelle de son pere pour les écouter sans estre vû.   Il alla se recoucher & ne dormit point le reste de la nuit, songeant à ce qu'il avoit à faire.   Il se leva de bon matin, & alla au bord d'un ruisseau, où il emplit ses poches de petits cailloux blancs, & ensuite revint à la maison.   On partit, & le petit Poucet ne découvrit rien de tout ce qu'il sçavoit à ses freres. Ils allerent dans une forest fort épaisse, où à dix pas de distance on ne se voyoit pas l'un l'autre.   Le Bucheron se mit à couper du bois & ses enfans à ramasser les broutilles pour faire des fagots.   Le pere & la mere les voyant ocupez à travailler, s'éloignerent d'eux insensiblement, & puis s'enfuirent tout à coup par un petit sentier détourné. Lors que ces enfans se virent seuls, ils se mirent à crier & à pleurer de toute leur force. Le petit Poucet les laissoit crier, sçachant bien par où il reviendroit à la maison ; car en marchant il avoit laissé tomber le long du chemin les petits cailloux blancs qu'il avoit dans ses poches. Il leur dit donc, ne craignez-point mes freres, mon Pere & ma Mere nous ont laissez icy, mais je vous remeneray bien au logis, suivez-moy seulement, ils le suivirent, & il les mena jusqu'à leur maison par le même chemin qu'ils estoient venus dans la forest. Ils n'oserent d'abord entrer, mais ils se mirent tous contre la porte pour écouter ce que disoient leur Pere & leur Mere.

Dans le moment que le Bucheron & la Bucheronne arriverent chez eux, le Seigneur du Village leur envoya dix écus qu'il leur devoit il y avoit longtems, & dont ils n'esperoient plus rien : Cela leur redonna la vie, car les pauvres gens mouroient de faim. Le Bucheron envoya sur l'heure sa femme à la Boucherie. Comme il y avoit long-temps qu'elle n'avoit mangé, elle acheta trois fois plus de viande qu'il n'en falloit pour le souper de deux personnes. Lors qu'ils furent rassassiez ; la Bucheronne dit, helas, où sont maintenant nos pauvres enfans, ils feroient bonne chere de ce qui nous reste là: Mais aussi Guillaume, c'est toy qui les as voulu perdre, j'avois bien dit que nous nous en repentirions, que font-ils maintenant dans cette Forest ? Helas! mon Dieu, les Loups les ont peut être déjà mangez ; tu es bien inhumain d'avoir perdu ainsi tes enfans. Le Bucheron s'impatienta à la fin, car elle redit plus de vingt fois qu'ils s'en repentiroient & qu'elle l'avoit bien dit. Il la menaça de la battre si elle ne se taisoit. Ce

n'est pas que le Bucheron ne fust peut-estre encore plus
fâché que sa femme, mais c'est qu'elle luy rompoit la
teste, & qu'il estoit de l'humeur de beaucoup d'autres
gens, qui ayment fort les femmes qui disent bien, mais qui
trouvent trés importunes celles qui ont toûjours bien dit.
La Bucheronne estoit toute en pleurs? Helas! où
sont maintenant mes enfans, mes pauvres enfans? Elle le
dit une fois si haut que les enfans qui étoient à la porte
l'ayant entendu, se mirent à crier tous ensemble, nous
voyla, nous voyla. Elle courut viste leur ouvrir la porte,
& leur dit en les embrassant, que je suis aise de vous
revoir, mes chers enfans, vous estes bien las, & vous
avez bien faim; & toy Pierrot comme te voylà crotté,
vien que je te débarboüille. Ce Pierrot estoit son
fils aîné qu'elle aimoit plus que tous les autres, parce
qu'il estoit un peu rousseau, & qu'elle estoit un peu rousse.
Ils se mirent à Table, & mangerent d'un apetit qui faisoit
plaisir au Pere & à la Mere, à qui ils racontoient la peur
qu'ils avoient euë dans la Forest en parlant presque
toûjours tous ensemble: Ces bonnes gens étoient ravis
de revoir leurs enfans avec eux, & cette joye dura tant
que les dix écus durerent; mais lors que l'argent fut
dépensé ils retomberent dans leur premier chagrin; &
résolurent de les perdre encore, & pour ne pas manquer
leur coup, de les mener bien plus loin que la premiere fois.
Ils ne purent parler de cela si secrettement qu'ils ne
fussent entendus par le petit Poucet, qui fit son compte de
sortir d'affaire comme il avoit déjà fait; mais quoy qu'il se
fut levé de bon matin pour aller ramasser des petits cailloux,

il ne put en venir à bout, car il trouva la porte de la maison
fermée à double tour.   Il ne sçavoit que faire lors que la
Bucheronne leur ayant donné à chacun un morceau de pain
pour leur déjeuné, il songea qu'il pourroit se servir de son
pain au lieu de cailloux en le jettant par miettes le long des
chemins où ils passeroient, il le serra donc dans sa poche.
Le Pere & la Mere les menerent dans l'endroit de la
Forest le plus épais & le plus obscur, & dés qu'ils y
furent ils gagnerent un faux fuyant & les laisserent là.   Le
petit Pouçet ne s'en chagrina pas beaucoup, parçe qu'il
croyait retrouver aisément son chemin par le moyen de
son pain qu'il avoit semé par tout où il avoit passé ; mais
il fut bien supris lors qu'il ne put en retrouver une seule
miette, les Oiseaux étoient venus qui avoient tout mangé.
Les voyla donc bien affligés, car plus ils marchoient plus
ils s'égaroient, & s'enfonçoient dans la Forest.   La nuit
vint, & il s'éleva un grand vent qui leur faisoit des peurs
épouventables.   Ils croyoient n'entendre de tous côtés que
les heurlemens de Loups qui venoient à eux pour les manger.   Ils n'osoient presque se parler ny tourner la teste.
Il survint une grosse pluye qui les perça jusqu'aux os ; ils
glissoient à chaque pas & tomboient dans la boüe, d'où il
se relevoient tout crottés, ne sçachant que faire de leurs mains.
Le petit Pouçet grimpa au haut d'un Arbre pour voir s'il ne
découvriroit rien ; ayant tourné la teste de tous costés, il
vit une petite lueur comme d'une chandelle, mais qui estoit
bien loin par de-là la Forest.   Il descendit de l'arbre ; & lors
qu'il fut à terre il ne vit plus rien ; cela le desola.   Cependant ayant marché quelque temps avec ses freres du

costé qu'il avoit veu la lumiere, il l'a revit en sortant du Bois. Ils arriverent enfin à la maison où estoit cette chandelle, non sans bien des frayeurs, car souvent ils l'a perdoient de veuë, ce qui leur arrivoit toutes les fois qu'ils descendoient dans quelques fonds. Ils heurterent à la porte, & une bonne femme vint leur ouvrir. Elle leur demanda ce qu'ils vouloient, le petit Pouçet luy dit, qu'ils étoient de pauvres enfans qui s'estoient perdus dans la Forest, & qui demandoient à coucher par charité. Cette femme les voyant tous si jolis se mit à pleurer, & leur dit, helas! mes pauvres enfans, où estes vous venus? sçavez vous bien que c'est icy la maison d'un Ogre qui mange les petits enfans. Helas! Madame, luy répondit le petit Pouçet, qui trembloit de toute sa force aussi bien que ses freres; que ferons-nous? Il est bien seur que les Loups de la Forest ne manqueront pas de nous manger cette nuit, si vous ne voulez pas nous retirer chez vous. Et cela étant nous aimons mieux que ce soit Monsieur qui nous mange, peut-estre qu'il aura pitié de nous, si vous voulez bien l'en prier. La femme de l'Ogre qui crut qu'elle pourroit les cacher à son mary jusqu'au lendemain matin, les laissa entrer & les mena se chauffer auprés d'un bon feu, car il y avoit un Mouton tout entier à la broche pour le soupé de l'Ogre. Comme ils commençoient à se chauffer ils entendirent heurter trois ou quartre grands coups à la porte, c'estoit l'Ogre qui revenoit. Aussi-tost sa femme les fit cacher sous le lit, & alla ouvrir la porte. L'Ogre demanda d'abord si le soupé estoit prest, & si on avoit tiré du vin, & aussi-tost se mit à table. Le Mouton estoit encore tout sanglant,

F

mais il ne luy en sembla que meilleur. Il fleuroit à droite
& à gauche, disant qu'il sentoit la chair fraiche. Il faut luy
dit sa femme, que ce soit ce Veau que je viens d'habiller
que vous sentez. Je sens la chair frâiche, te dis-je encore
une fois, reprit l'Ogre, en regardant sa femme de travers,
& il y a icy quelque chose que je n'entens pas ; en disant
ces mots, il se leva de Table, & alla droit au lit. Ah,
dit il, voila donc comme tu veux me tromper maudite
femme, je ne sçais à quoy il tient que je ne te mange
aussi ; bien t'en prend d'être une vieille beste. Voila du
Gibier qui me vient bien à propos pour traiter trois Ogres
de mes amis qui doivent me venir voir ces jours icy.
Il les tira de dessous le lit l'un aprés l'autre. Ces
pauvres enfans se mirent à genoux en luy demandant
pardon, mais ils avoient à faire au plus cruël de tous les
Ogres, qui bien loin d'avoir de la pitié les dévoroit déjà
des yeux, & disoit à sa femme que ce seroit là de friands
morceaux lors qu'elle leur auroit fait une bonne sausse. Il
alla prendre un grand Couteau, & en approchant de ces
pauvres enfans, il l'aiguisoit sur une longue pierre qu'il tenoit
à sa main gauche. Il en avoit déja empoigné un, lorsque
sa femme luy dit, que voulez vous faire à l'heure qu'il est,
n'aurez-vous pas assez de temps demain matin ? Tay-
toy, reprit l'Ogre, ils en seront plus mortifiés. Mais
vous avez encore là tant de viande, reprit sa femme,
voilà un Veau, deux Moutons & la moitié d'un Cochon.
Tu as raison dit l'Ogre, donne leur bien à souper
affin qu'il ne maigrissent pas, & va les mener coucher.
La bonne femme fut ravie de joye, & leur porta bien à

souper, mais ils ne purent manger tant ils étoient saisis de
peur. Pour l'Ogre il se remit à boire, ravi d'avoir de
quoy si bien regaler ses Amis. Il but une douzaine de
coups plus qu'à l'ordinaire, ce qui luy donna un peu
dans la teste, & l'obligea de s'aller coucher.

L'Ogre avoit sept filles qui n'étoient encore que des
enfans. Ces petites Ogresses avoient toutes le teint fort
beau, parce qu'elles mangeoient de la chair fraîche comme
leur pere ; mais elles avoient de petits yeux gris & tout
ronds, le nez crochu & une fort grande bouche avec de longues dents fort aiguës & fort éloignées l'une de l'autre.
Elles n'estoient pas encore fort méchantes ; mais elles
promettoient beaucoup, car elles mordoient déja les petits
enfans pour en succer le sang. On les avoit fait coucher de
bonne heure, & elles estoient toutes sept dans un grand lit,
ayant chacune une Couronne d'or sur la teste. Il y avoit dans
la même Chambre un autre lit de la même grandeur ; ce fut
dans ce lit que la femme de l'Ogre mit coucher les sept petits
garçons, aprés quoi elle s'alla coucher auprés de son mary.
Le petit Poucet qui avoit remarqué que les filles de
l'Ogre avoient des Couronnes d'or sur la teste, & qui craignoit
qu'il ne prit à l'Ogre quelques remords de ne les avoir pas
égorgés dés le soir même, se leva vers le milieu de la nuit,
& prenant les bonnets de ses freres & le sien, il alla tout
doucement les mettre sur la teste des sept filles de l'Ogre
aprés leur avoir osté leurs Couronnes d'or qu'il mit sur la
teste de ses freres & sur la sienne, afin que l'Ogre les prit
pour ses filles, & ses filles pour les garçons qu'il vouloit
égorger. La chose réüssit comme il l'avoit pensé ; car

l'Ogre s'étant éveillé sur le minuit, eut regret d'avoir differé au lendemain ce qu'il pouvoit executer la veille, il se jetta donc brusquement hors du lit, & prenant son grand Couteau, allons voir, dit il, comment se portent nos petits drolles, n'en faisons pas à deux fois ; il monta donc à tâtons à la Chambre de ses filles & s'approcha du lit où étoient les petits garçons, qui dormoient tous excepté le petit Pouçet, qui eut bien peur lors qu'il sentit la main de l'Ogre qui luy tastoit la teste, comme il avoit tasté celle de tous ses freres. L'Ogre qui sentit les Couronnes d'or ; vrayment, dit il, j'allois faire là un bel ouvrage, je voy bien que je bus trop hier au soir. Il alla ensuite au lit de ses filles où ayant senti les petits bonnets des garçons. Ah, les voilà, dit-il nos gaillards ? Travaillons hardiment ; en disant ses mots, il coupa sans balancer la gorge à ses sept filles. Fort content de cette expedition, il alla se recoucher auprés de sa femme. Aussi-tost que le petit Poucet entendit ronfler l'Ogre, il reveilla ses freres, & leur dit de s'habiller promptement & de le suivre. Ils descendirent doucement dans le Jardin, & sauterent par dessus les murailles. Ils coururent presque toute la nuit, toûjours en tremblant & sans sçavoir où ils alloient. L'Ogre s'estant éveillé dit à sa femme, va-t'en là haut habiller ces petits droles d'hier au soir ; l'Ogresse fût fort estonnée de la bonté de son mary, ne se doutant point de la maniere qu'il entendoit qu'elle les habillast, & croyant qu'il luy ordonnoit de les aller vestir, elle monta en haut où elle fut bien surprise lorsqu'elle aperçût ses sept filles égorgées & nageant dans leur sang. Elle commença par s'évanoüir (car c'est le premier expedient que trouvent presque toutes les femmes en pareilles rencontres.) L'Ogre craignant que sa femme ne fût trop longtemps à faire la besongne dont il l'avoit chargée, monta en haut pour luy aider. Il ne fut pas moins estonné que sa femme lors qu'il vit cet affreux spectacle. Ah, qu'ay-je fait, s'écria-t-il, ils me le payeront les malheureux, & tout à l'heure. Il jetta aussi-tost une potée d'eau dans le nez de sa femme, & l'ayant fait revenir, donne-moy viste mes bottes de sept lieües, luy dit-il, afin que j'aille les attraper. Il se mit en campagne, & aprés avoir couru bien loin de tous costés, enfin il entra dans le chemin où marchoient ces pauvres enfans qui n'étoient plus qu'à cent pas du logis de leur pere. Ils virent l'Ogre qui alloit de montagne en montagne, & qui traversoit des rivieres aussi aisément qu'il auroit fait le moindre ruisseau. Le petit Poucet qui vit un Rocher creux proche le lieu où ils estoient, y fit cacher ses six freres, & s'y fourra aussi, regardant toûjours ce que l'Ogre deviendroit. L'Ogre qui se trouvoit fort las du long chemin qu'il avoit fait inutilement, (car les bottes de sept lieües fatiguent fort leur homme,) voulut se reposer, & par hazard il alla s'asseoir sur la roche où les petits garçons s'estoient cachez. Comme il n'en pouvoit plus de fatigue, il s'endormit aprés s'estre reposé quelque temps ; & vint à ronfler si effroyablement, que les pauvres enfans n'en eurent pas moins de peur, que quand il tenoit son grand Couteau pour leur couper la gorge. Le petit Poucet en eut moins de peur, & dit à ses freres de s'enfuir promptement à la maison, pendant que l'Ogre dormoit bien fort, & qu'ils ne se missent point en peine de luy.   Ils crurent son conseil & gagnerent viste la maison. Le petit Poucet s'estant approché de l'Ogre, luy tira doucement ses bottes, & les mit aussi-tost ; les bottes estoient fort grandes & fort larges ; mais comme elles estoient Fées, elles avoient le don de s'agrandir & de s'appetisser selon la jambe de celuy qui les chaussoit, de sorte qu'elles se trouverent aussi justes à ses pieds & à ses jambes que si elles avoient esté faites pour luy. Il alla droit à la maison de l'Ogre où il trouva sa femme qui pleuroit auprés de ses filles égorgées.   Vostre mari, luy dit le petit Poucet, est en grand danger, car il a esté pris par une troupe de Voleurs qui ont juré de le tuër s'il ne leur donne tout son or & tout son argent.   Dans le moment qu'ils luy tenoient le poignard sur la gorge, il m'a aperceu & m'a prié de vous venir avertir de l'estat où il est, & de vous dire de me donner tout ce qu'il a vaillant sans en rien retenir, parcequ'autrement ils le tuëront sans misericorde : Comme la chose presse beaucoup, il a voulu que je prisse ses bottes de sept lieuës que voilà pour faire diligence, & aussi afin que vous ne croyez pas que je sois un affronteur.   La bonne femme fort effrayée luy donna aussi-tost tout ce qu'elle avoit ; car cet Ogre ne laissoit pas d'estre fort bon mari, quoy qu'il mangeast les petits enfans.   Le petit Poucet estant donc chargé de toutes les richesses de l'Ogre s'en revint au logis de son pere, où il fut receu avec bien de la joye.

Il y a bien des gens qui ne demeurent pas d'acord de

cette derniere circonstance, & qui prétendent que le petit
Poucet n'a jamais fait ce vol à l'Ogre ; qu'à la verité, il
n'avoit pas fait conscience de luy prendre ses bottes de
sept lieües, parce qu'il ne s'en servoit que pour courir aprés
les petits enfans. Ces gens-là asseurent le sçavoir de bonne
part, & même pour avoir bû & mangé dans la maison du
Bucheron. Ils assurent que lorsque le petit Poucet eut
chaussé les bottes de l'Ogre, il s'en alla à la Cour, où il
sçavoit qu'on estoit fort en peine d'une Armée, qui étoit à
deux cens lieües de-là, & du succés d'une Bataille qu'on
avoit donnée. Il alla, disent-ils, trouver le Roi, & luy dit
que s'il le souhaitoit, il luy rapporteroit des nouvelles de
l'Armée avant la fin du jour. Le Roi luy promit une
grosse somme d'argent s'il en venoit à bout. Le petit
Poucet rapporta des nouvelles dés le soir même, &
cette premiere course l'ayant fait connoître, il gagnoit tout
ce qu'il vouloit ; car le Roi le payoit parfaitement bien
pour porter ses ordres à l'Armée, & une infinité de
Dames luy donnoient tout ce qu'il vouloit pour avoir des
nouvelles de leurs Amans, & ce fut là son plus grand
gain. Il se trouvoit quelques femmes qui le chargeoient
de Lettres pour leur maris, mais elles le payoient si mal,
& cela alloit à si peu de chose, qu'il ne daignoit mettre
en ligne de compte ce qu'il gagnoit de ce côté-là. Aprés
avoir fait pendant quelque temps le mêtier de courier,
& y avoir amassé beaucoup de bien, il revint chez son
pere, où il n'est pas possible d'imaginer la joye qu'on
eut de le revoir. Il mit toute sa famille à son aise. Il
achepta des Offices de nouvelle création pour son pere &

pour ses freres ; & par là il les établit tous, & fit parfaitement bien sa Cour en même-temps.

MORALITÉ.

ON ne s'afflige point d'avoir beaucoup d enfans,
 Quand ils sont tous beaux, bien-faits & bien grands,
 Et d'un exterieur qui brille ;
 Mais si l'un d'eux est foible ou ne dit mot,
 On le méprise, on le raille, on le pille,
Quelquefois cependant c'est ce petit marmot .
Qui fera le bonheur de toute la famille.

FIN.

PAr Grace & Privilége du Roy, Donné à Fontaine-
bleau, le 28. Octobre 1696. Signé LOUVET, &
Scelé : Il est permis au Sieur P. DARMANCOUR, de faire
Imprimer par tel Imprimeur ou Libraire qu'il voudra
choisir, un Livre qui a pour titre, *Histoires ou Contes
du temps passé, avec des Moralités ;* & ce pendant le
temps & espace de six années consecutives, avec défense à
tous Imprimeurs & Libraires de Nôtre Royaume, ou
autres : d'Imprimer ou faire imprimer, vendre & distribüer
ledit Livre sans son consentement, ou de ceux qui auront
droit de lui ; pendant ledit temps, sur les peines portées
plus au long par ledit Privilége : Et ledit Sieur P. Darmancour a cedé son Privilége à Claude Barbin, pour en
joüir par luy, suivant l'accord fait entr'eux.

*Registré sur le Livre de la Communauté des Impri-
meurs & Libraires de Paris le* 11. *Janvier* 1697.

Signé, P. AUBOUIN,
Syndic.

Les Exemplaires ont esté fournis.

CONTES

EN VERS

PAR Mᴿ. PERRAULT,

DE L'ACADEMIE FRANÇOISE.

TABLE.

PRÉFACE.[1]

LA manière dont le public a reçu les pièces de ce
recueil, à mesure qu'elles lui ont été données séparé-
ment, est une espèce d'assurance qu'elles ne lui déplairont
pas, en paroissant toutes ensemble. Il est vrai que quelques
personnes, qui affectent de paroître graves, et qui ont assez
d'esprit pour voir que ce sont des contes faits à plaisir, et
que la matière n'en est pas fort importante, les ont
regardées avec mépris ; mais on a eu la satisfaction de voir
que les gens de bon goût n'en ont pas jugé de la sorte.

Ils ont été bien aises de remarquer que ces bagatelles
n'étoient pas de pures bagatelles, qu'elles renfermoient une
morale utile, et que le récit enjoué dont elles étoient
enveloppées n'avoit été choisi que pour les faire entrer plus
agréablement dans l'esprit et d'une manière qui instruisît et
divertît tout ensemble. Cela devoit me suffire pour ne pas
craindre le reproche de m'être amusé à des choses frivoles.
Mais, comme j'ai affaire à bien des gens qui ne se payent
pas de raisons, et qui ne peuvent être touchés que par
l'autorité et par l'exemple des anciens, je vais les satisfaire
là-dessus.

Les fables milésiennes, si célèbres parmi les Grecs,
et qui ont fait les délices d'Athènes et de Rome, n'étoient
pas d'une autre espèce que les fables de ce recueil.
L'histoire de la Matrone d'Ephèse est de la même nature

[1] From the Griselidis of 1695.

que celle de Griselidis : ce sont l'une et l'autre des
Nouvelles, c'est-à-dire des récits de choses qui peuvent
être arrivées et qui n'ont rien qui blesse absolument la
vraisemblance. La fable de Psyché, écrite par Lucien
et par Apulée, est une fiction toute pure et un conte de
vieille, comme celui de Peau d'Ane. Aussi voyons-nous
qu'Apulée le fait raconter, par une vieille femme, à une
jeune fille que des voleurs avoient enlevée, de même que
celui de Peau d'Ane est conté tous les jours à des enfants
par leurs gouvernantes et par leurs grand'mères. La
fable du laboureur qui obtint de Jupiter le pouvoir de faire,
comme il lui plairoit, la pluie et le beau temps, et qui en
usa de telle sorte qu'il ne recueillit que de la paille sans
aucuns grains, parce qu'il n'avoit jamais demandé ni vent,
ni froid, ni neige, ni aucun temps semblable, chose néces-
saire cependant pour faire fructifier les plantes ; cette fable,
dis-je, est de même genre que le conte des Souhaits
ridicules, si ce n'est que l'un est sérieux et l'autre comique ;
mais tous les deux vont à dire que les hommes ne connois-
sent pas ce qui leur convient, et sont plus heureuz d'être
conduits par la Providence, que si toutes choses leur suc-
cédoient selon qu'ils le désirent.

Je ne crois pas qu'ayant devant moi de si beaux
modèles, dans la plus sage et la plus docte antiquité, on
soit en droit de me faire aucun reproche. Je prétends
même que mes fables méritent mieux d'être racontées que
la plupart des contes anciens, et particulièrement celui de
la Matrone d'Ephèse et celui de Psyché, si on les regarde
du côté de la morale, chose principale dans toutes sortes de
fables, et pour laquelle elles doivent avoir été faites. Toute

la moralité qu'on peut tirer de la Matrone d'Ephèse est que souvent les femmes qui semblent les plus vertueuses le sont le moins, et qu'ainsi il n'y en a presque point qui le soient véritablement.

Qui ne voit que cette morale est très-mauvaise, et qu'elle ne va qu'à corrompre les femmes par le mauvais exemple, et à leur faire croire qu'en manquant à leur devoir elles ne font que suivre la voie commune? Il n'en est pas de même de la morale de Griselidis, qui tend à porter les femmes à souffrir de leurs maris, et à faire voir qu'il n'y en a point de si brutal ni de si bizarre dont la patience d'une honnête femme ne puisse venir à bout.

A l'égard de la morale cachée dans la fable de Psyché, fable en elle-même très-agréable et très-ingénieuse, je la comparerai avec celle de Peau d'Ane, quand je la saurai; mais, jusqu'ici, je n'ai pu la deviner. Je sais bien que Psyché signifie l'âme; mais je ne comprends point ce qu'il faut entendre par l'Amour, qui est amoureux de Psyché, c'est-à-dire de l'âme, et encore moins ce qu'on ajoute, que Psyché devoit être heureuse tant qu'elle ne connoîtroit point celui dont elle étoit aimée, qui étoit l'Amour; mais qu'elle seroit très-malheureuse dès le moment qu'elle viendroit à le connoître: voilà pour moi une énigme impénétrable. Tout ce qu'on peut dire, c'est que cette fable, de même que la plupart de celles qui nous restent des anciens, n'ont été faites que pour plaire, sans égard aux bonnes mœurs, qu'ils négligeoient beaucoup.

Il n'en est pas de même des Contes que nos aïeux ont inventés pour leurs enfants. Ils ne les ont pas contés avec l'élégance et les agréments dont les Grecs et les Romains

ont orné leurs fables; mais ils ont toujours eu un très-
grand soin que leurs contes renfermassent une morale louable et instructive.   Partout la vertu y est récompensée, et
partout le vice y est puni.   Ils tendent tous à faire voir
l'avantage qu'il y a d'être honnête, patient, avisé, laborieux,
obéissant, et le mal qui arrive à ceux qui ne le sont pas.

Tantôt ce sont des fées qui donnent pour don à une
jeune fille qui leur aura repondu avec civilité, qu'à chaque
parole qu'elle dira, il lui sortira de la bouche un diamant ou
une perle; et, à une autre fille qui leur aura répondu
brutalement, qu'à chaque parole il lui sortira de la bouche
une grenouille ou un crapaud.   Tantôt ce sont des enfants
qui, pour avoir bien obéi à leur père et à leur mère, devien-
nent grands seigneurs; ou d'autres qui, ayant été vicieux
et désobéissans, sont tombés dans des malheurs épouvant-
ables.

Quelque frivoles et bizarres que soient toutes ces fables
dans leurs aventures, il est certain qu'elles excitent dans
les enfants le désir de ressembler à ceux qu'ils voient
devenir heureux, et en même temps la crainte des malheurs
où les méchans sont tombés par leur méchanceté.   N'est-il
pas louable à des pères et à des mères, lorsque leurs
enfants ne sont pas encore capables de goûter les vérités
solides et dénuées de tout agrément, de les leur faire aimer,
et, si cela se peut dire, de les leur faire avaler, en les
enveloppant dans des récits agréables et proportionnés à la
foiblesse de leur âge! Il n'est pas croyable avec quelle
avidité ces âmes innocentes, et dont rien n'a encore corrompu la droiture naturelle, reçoivent ces instructions
cachées; on les voit dans la tristesse et dans l'abattement

tant que le héros ou l'héroïne du conte sont dans le malheur, et s'écrier de joie quand le temps de leur bonheur arrive ; de même qu'après avoir souffert impatiemment la prospérité du méchant ou de la méchante, ils sont ravis de les voir enfin punis comme ils le méritent. Ce sont des semences qu'on jette, qui ne produisent d'abord que des mouvements de joie et de tristesse, mais dont il ne manque guère d'éclore de bonnes inclinations.

J'aurois pu rendre mes contes plus agréables, en y mêlant certaines choses un peu libres dont on a accoutumé de les égayer ; mais le désir de plaire ne m'a jamais assez tenté pour violer une loi que je me suis imposée, de ne rien écrire qui pût blesser ou la pudeur, ou la bienséance. Voici un madrigal qu'une jeune demoiselle de beaucoup d'esprit a composé sur ce sujet, et qu'elle a écrit au-dessous du conte de Peau d'Ane que je lui avois envoyé :

Le conte de Peau d'Ane est ici raconté
    Avec tant de naïveté,
    Qu'il ne m'a pas moins divertie
Que quand, auprès du feu, ma nourrice ou ma mie
Tenoient en le faisant mon esprit enchanté.
On y voit par endroits quelques traits de satire,
    Mais qui, sans fiel et sans malignité,
A tous également font du plaisir à lire.
Ce qui me plaît encor dans sa simple douceur
    C'est qu'il divertit et fait rire,
    Sans que mère, époux, confesseur,
    Y puissent trouver à redire.

PEAU D'ASNE.

CONTE.

A MADAME LA MARQUISE DE L.

PAR MR. PERRAULT, DE L'ACADEMIE FRANÇOISE.

Il est des gens de qui l'esprit guindé,
    Sous un front jamais deridé
    Ne souffre, n'approuve & n'estime
    Que le pompeux & le sublime;
    Pour moi, j'ose poser en fait
Qu'en de certains momens l'esprit le plus parfait
Peut aimer sans rougir jusqu'aux Marionnettes;
    Et qu'il est des tems & des lieux
    Où le grave & le serieux
    Ne vallent pas d'agreables sornettes.
    Pourquoi faut-il s'émerveiller
    Que la Raison la mieux sensée,
    Lasse souvent de trop veiller,
    Par des contes d'Ogre* & de Fée
    Ingenieusement bercée,
    Prenne plaisir à sommeiller,

[1] Homme Sauvage qui mangeoit les petits enfans.

Sans craindre donc qu'on me condamne
De mal employer mon loisir,
Je vais, pour contenter vôtre juste desir,
Vous conter tout au long l'histoire de Peau D'Asne.

IL étoit une fois un Roi
   Le plus grand qui fût sur la Terre,
Aimable en Paix, terrible en Guerre,
Seul enfin comparable à soi :
Ses voisins le craignoient, ses Etats étoient calmes,
    Et l'on voyoit de toutes parts
    Fleurir, à l'ombre de ses palmes
    Et les Vertus & les beaux Arts.
Son aimable Moitié, sa Compagne fidelle,
    Etoit si charmante & si belle,
Avoit l'esprit si commode & si doux
    Qu'il étoit encor avec elle
    Moins heureux Roi qu'heureux espoux.
    De leur tendre & chaste Hymenée,
    Plein de douceur & d'agrement
Avec tant de vertus une fille étoit née,
    Qu'ils se consoloient aisement
De n'avoir pas de plus ample lignée.

    Dans son vaste & riche Palais,
    Ce n'étoit que magnificence,
Partout y fourmilloit une vive abondance
    De Courtisans & de Valets ;

Il avoit dans son Escurie
Grands & petits chevaux de toutes les façons,
  Couverts de beaux caparaçons
  Roides d'or & de broderie ;
Mais ce qui surprenoit tout le monde en entrant
  C'est qu'au lieu plus apparent,
Un maître Asne étailloit ses deux grandes oreilles,
  Cette injustice vous surprend,
Mais, lorsque vous sçaurez ses vertus nompareilles,
Vous ne trouverez pas que l'honneur fût trop grand.
  Tel et si net le forma la Nature
   Qu'il ne faisoit jamais d'ordure,
   Mais bien beaux Ecus au soleil
   Et Loüis de toute maniere
Qu'on alloit recuëillir sur la blonde litiere
  Tous les matins à son reveil.

   Or le Ciel qui par fois se lasse
   De rendre les hommes contents,
Qui toûjours à ses biens mêle quelque disgrace
   Ainsi que la pluye au beau tems,
   Permit qu'une aspre maladie
Tout à coup de la Reine attaquât les beaux jours.
   Par tout on cherche du secours,
Mais ni la Faculté qui le Grec étudie,
   Ni les Charlatans ayant cours,
Ne pûrent tous ensemble arrêter l'incendie
Que la fievre allumoit en s'augmentant toûjours.

   Arrivée a sa derniere heure,

Elle dit au Roi son époux
Trouvez bon qu'avant que je meure,
J'exige une chose de vous
C'est que s'il vous prenoit envie
De vous remarier quand je n'y serai plus . . .
— Ha ! dit le Roi, ces soins sont superflus,
Je n'y songerai de ma vie,
Soyez en repos là dessus.
Je le croi bien, reprit la Reine,
Si j'en prens à témoin vôtre amour vehement,
Mais pour m'en rendre plus certaine
Je veux avoir vôtre serment,
Adouci toute fois par ce temperamment
Que si vous rencontrez une femme plus belle,
Mieux faite & plus sage que moi,
Vous pourrez franchement lui donner vôtre foi
Et vous marier avec elle :
Sa confiance en ses attraits
Lui faisoit regarder une telle promesse
Comme un serment surpris avec adresse
De ne se marier jamais.
Le Prince jura donc, les yeux baignez de larmes
Tout ce que la Reine voulut ;
La Reine entre ses bras mourut,
Et jamais un Mari ne fit tant de vacarmes.
A l'ouïr sanglotter & les nuits & les jours,
On jugea que son deüil ne lui durerait guerre
Et qu'il pleuroit ses defuntes Amours
Comme un homme pressé qui veut sortir d'affaire.

On ne se trompa point. Au bout de quelques mois
Il voulut proceder à faire un nouveau choix;
    Mais ce n'étoit pas chose aisée,
    Il falloit garder son serment
    Et que la nouvelle Epousée
    Eût plus d'attraits & d'agrement
Que celle qu'on venoit de mettre au monument.

    Ni la Cour en beautez fertile,
    Ni la Campagne, ni la Ville,
    Ni les Royaumes d'alentour
    Dont on alla faire le tour,
    N'en pûrent fournir une telle,
    L'Infante seule étoit plus belle
  Et possedoit certains tendres appas
    Que la deffunte n'avoit pas.
    Le Roy le remarqua lui-même
    Et brûlant d'un amour extreme
    Alla follement s'aviser
Que par cette raison il devoit l'épouser.

    Il trouva même un Casuiste
Qui jugea que le cas se pouvoit proposer;
    Mais la jeune Princesse triste
    D'oüir parler d'un tel amour,
  Se lamentoit & pleuroit nuit & jour.

    De mille chagrins l'ame pleine
    Elle alla trouver sa Maraine,
    Loin dans une grotte à l'écart
De Nacre & de Corail richement étoffée;

C'étoit une admirable Fée
Qui n'eut jamais de pareille en son Art.
Il n'est pas besoin qu'on vous die
Ce qu'étoit une Fée en ces bienheureux tems,
Car je suis sûr que votre Mie
Vous l'aura dit dez vos plus jeunes ans.

Je sçay, dit-elle, en voyant la Princesse
Ce qui vous fait venir ici,
Je sais de votre cœur la profonde tristesse
Mais avec moi n'ayez plus de souci.
Il n'est rien qui vous puisse nuire
Pourvû qu'à mes conseils vous vous laissiez conduire,
Votre Pere, il est vrai, voudroit vous épouser ;
Ecouter sa folle demande
Seroit une faute bien grande
Mais sans le contredire on le peut refuser.

Dites-lui qu'il faut qu'il vous donne
Pour rendre vos desirs contents,
Avant qu'à son amour vôtre cœur s'abandonne
Une Robe qui soit de la couleur du Tems.
Malgré tout son pouvoir et toute sa richesse,
Quoi que le Ciel en tout favorise ses vœux,
Il ne pourra jamais accomplir sa promesse.

Aussi-tôt la jeune Princesse
L'alla dire en tremblant à son Pere amoureux
Qui dans le moment fit entendre
Aux Tailleurs les plus importans

Que s'ils ne lui faisoient, sans trop le faire attendre,
Une robe qui fût de la couleur du Temps,
Ils pouvoient s'assurer qu'il les feroit
                            Tous pendre.

        Le second jour ne luisoit pas encor
        Qu'on apporta la robe desirée ;
            Le plus beau bleu de l'Empirée
N'est pas, lorsqu'il est ceint de gros nuages d'or
            D'une couleur plus azurée.
De joye & de douleur l'Infante penetrée
            Ne sçait que dire ni comment
            Se derober à son engagement.
            Princesse demandez-en une,
            Lui dit sa Maraine tout bas,
            Qui plus brillante & moins commune,
            Soit de la couleur de la Lune
            Il ne vous la donnera pas.
A peine la Princesse en eut fait la demande
            Que le Roi dit à son Brodeur,
Que l'astre de la Nuit n'ait pas plus de splendeur
Et que dans quatre jours sans faute on me la rende.

        Le riche habillement fut fait au jour marqué
            Tel que le Roy s'en étoit expliqué
Dans les Cieux où la Nuit a deployé ses voiles,
La Lune est moins pompeuse en sa robe d'argent
Lors même qu'au milieu de son cours diligent
Sa plus vive clarté fait pâlir les étoiles.

La Princesse admirant ce merveilleux habit
Estoit à consentir presque deliberée,
  Mais, par sa Maraine inspirée
  Au Prince amoureux elle dit,
  Je ne sçaurois être contente
Que je n'aye une Robe encore plus brillante
  Et de la couleur du Soleil;
Le Prince qui l'aimoit d'un amour sans pareil
Fit venir aussi-tôt un riche Lapidaire
  Et lui commanda de la faire
D'un superbe tissu d'or & de diamans,
Disant que s'il manquoit à le bien satisfaire,
Il le feroit mourir au milieu des tourmens.
Le Prince fut exempt de s'en donner la peine,
  Car l'ouvrier industrieux,
  Avant la fin de la semaine
  Fit apporter l'ouvrage precieux
  Si beau, si vif, si radieux
  Que le blond Amant de Climene
  Lorsque sur la voute des Cieux
  Dans son char d'or il se promene
D'un plus brillant éclat n'éblouït pas les yeux.

L'Infante que ces dons achevent de confondre
A son Pere, à son Roi ne sçait plus que répondre;
Sa Maraine aussi-tôt la prenant par la main,
  Il ne faut pas, lui dit-elle à l'oreille,
  Demeurer en si beau chemin,
  Est ce une si grande merveille

Que tous ces dons que vous en recevez
Tant qu'il aura l'Asne que vous sçavez
Qui d'écus d'or sans cesse emplit sa bource ;
Demandez-lui la peau de ce rare Animal,
Comme il est toute sa resource,
Vous ne l'obtiendrez pas, ou je raisonne mal.

Cette Fée étoit bien sçavante,
Et cependant elle ignoroit encor
Que l'amour violent pourvû qu'on le contente,
Conte pour rien l'argent & l'or ;
La peau fut galamment aussi tôt accordée
Que l'Infante l'eut demandée.

Cette Peau quand on l'apporta
Terriblement l'epouvanta
Et la fit de son sort amerement se plaindre,
Sa Maraine survint & lui representa
Que quand on fait le bien on ne doit jamais craindre ;
Qu'il faut laisser penser au Roy
. Qu'elle est tout à fait disposée
A subir avec lui la conjugale Loi ;
Mais qu'au même moment seule & bien deguisée
Il faut qu'elle s'en aille en quelque Etat lointain
Pour éviter un mal si proche & si certain.

Voici, poursuivit-elle, une grande cassette
Où nous mettrons tous vos habits
Vôtre miroir, vôtre toillette,
Vos diamans & vos rubis.

Je vous donne encor ma Baguette ;
En la tenant en vôtre main
La cassette suivra vôtre même chemin.
Toujours sous la Terre cachée ;
Et lorsque vous voudrez l'ouvrir
A peine mon bâton la Terre aura touchée
Qu'aussi-tôt à vos yeux elle viendra s'offrir.

Pour vous rendre méconnaissable
La dépoüille de l'Asne est un masque admirable
Cachez-vous bien dans cette peau,
On ne croira jamais, tant elle est effroyable
Qu'elle renferme rien de beau.

La Princesse ainsi travestie
De chez la sage Fée à peine fut sortie,
Pendant la fraîcheür du matin
Que le Prince qui pour la Fête
De son heureux Hymen s'apprête
Apprend tout effrayé son funeste destin.
Il n'est point de maison, de chemin, d'avenuë
Qu'on ne parcoure promptement,
On ne peut deviner ce qu'elle est devenuë.

Par tout se répandit un triste & noir chagrin
Plus de Nopces, plus de Festin,
Plus de Tarte, plus de Dragées,
Les Dames de la Cour toutes découragées
N'en dînerent point la plûpart ;

Mais du Curé sur tout la tristesse fut grande,
    Car il en dejeuna fort tard
    Et qui pis est n'eut point d'offrande.

L'Infante cependant poursuivoit son chemin
Le visage couvert d'une vilaine crasse
    A tous Passans elle tendoit la main
Et tâchoit pour servir de trouver une place ;
Mais les moins delicats & les plus malheureux
La voyant si maussade & si pleine d'ordure
Ne vouloient écouter ni retirer chez eux
    Une si sale creature.
Elle alla donc bien loin, bien loin, encor plus loin,
Enfin elle arriva dans une Metairie
    Où la Fermiere avoit besoin
    D'une soüillon, dont l'industrie
Allât jusqu'à sçavoir bien laver des torchons
    Et nettoyer l'auge aux Cochons.

On la mit dans un coin au fond de la cuisine
    Où les Valets, insolente vermine,
    Ne faisoient que la tirailler,
    La contredire & la railler,
    Ils ne sçavoient quelle piece lui faire
    La harcelant à tout propos ;
    Elle étoit la butte ordinaire
De tous leurs quolibets & de tous leurs bons mots.

Elle avoit le Dimanche un peu plus de repos,
Car ayant du matin fait sa petite affaire,

Elle entroit dans sa chambre & tenant son huis clos,
Elle se decrassoit, puis ouvroit sa cassette,
    Mettoit proprement sa toilette
    Rangeoit dessus ses petits pots,
Devant son grand miroir contente & satisfaite ;
De la Lune tantôt, la robe elle mettoit
Tantôt celle où le feu du Soleil éclattoit,
    Tantôt la belle robe blüe
Que tout l'azur des Cieux ne sçauroit égaler,
Avec ce chagrin seul que leur traînante queüe
Sur le plancher trop court ne pouvoit s'étaler.
Elle aimoit à se voir jeune, vermeille & blanche
Et plus brave cent fois que nulle autre n'êtoit ;
    Ce doux plaisir la sustentoit
    Et la menoit jusqu'à l'autre Dimanche.

    J'oubliois à dire en passant
    Qu'en cette grande Metairie
    D'un Roy magnifique & puissant
    Se faisoit la Menagerie,
    Que là, Poules de Barbarie,
    Rales, Pintades, Cormorans,
    Oisons musquez, Cannes Petieres
Et mille autres oiseaux de bijares manieres,
    Entre eux presque tous differents
Remplissoient à l'envi dix cours toutes entieres.

    Le fils du Roy dans ce charmant sejour
    Venoit souvent au retour de la Chasse

Se reposer, boire à la glace
Avec les Seigneurs de sa Cour.
Tel ne fut point le beau Cephale ;
Son air étoit Royal, sa mine martiale
Propre à faire trembler les plus fiers bataillons ;
Peau d'Asne de fort loin le vit avec tendresse
Et reconnut par cette hardiesse
Que sous sa crasse & ses haillons
Elle gardoit encor le cœur d'une Princesse.

Qu'il a l'air grand, quoi qu'il l'ait negligé,
Qu'il est aimable, disoit-elle,
Et que bienheureuse est la belle
A qui son cœur est engagé.
D'une robe de rien s'il m'avoit honorée,
Je m'en trouverois plus parée
Que de toutes celles que j'ai.

Un jour le jeune Prince errant à l'aventure
De bassecour en bassecour,
Passa dans une allée obscure
Où de Peau d'Asne étoit l'humble sejour.
Par hasard il mit l'œil au trou de la serrure ;
Comme il étoit fête ce jour
Elle avoit pris une riche parure
Et ses superbes vêtemens
Qui tissus de fin or & de gros diamans
Egaloient du Soleil la clarté la plus pure.
Le Prince au gré de son désir

La contemple & ne peut qu'à peine,
En la voyant, reprendre haleine,
Tant il est comblé de plaisir.
Quels que soient les habits, la beauté du visage,
Son beau tour, sa vive blancheur,
Ses traits fins, sa jeune fraîcheur
Le touchent cent fois davantage,
Mais un certain air de grandeur
Plus encore une sage & modeste pudeur
Des beautez de son ame, asseuré témoignage,
S'emparerent de tout son cœur.

Trois fois dans la chaleur du feu qui le transporte
Il voulut enfoncer la porte,
Mais croyant voir une Divinité,
Trois fois par le respect son bras fut arrêté,
Dans le Palais pensif il se retire
Et là nuit & jour il soupire,
Il ne veut plus aller au Bal
Quoi qu'on soit dans le Carnaval,
Il hait la Chasse, il hait la Comedie
Il n'a plus d'appetit, tout lui fait mal au cœur
Et le fond de sa maladie
Est une triste & mortelle langueur.

Il s'enquit quelle étoit cette Nymphe admirable
Qui demeuroit dans une bassecour
Au fond d'une allée effroyable,
Où l'on ne voit goutte en plein jour.

C'est, lui dit-on, Peau d'Asne, en rien Nymphe ni bele
　　Et que Peau d'Asne l'on appelle,
A cause de la peau qu'elle met sur son cou;
　　De l'Amour c'est le vrai remede,
　　La bête en un mot la plus laide,
　　Qu'on puisse voir aprés le Loup:
On a beau dire, il ne sçauroit le croire,
　　Les traits que l'amour a tracez
　　Toujours presens à sa memoire
　　N'en seront jamais effacez.

　　　Cependant la Reyne sa Mere,
Qui n'a que lui d'enfant pleure & se desespere,
De declarer son mal elle le presse en vain,
　　　Il gemit, il pleure, il soupire,
　　Il ne dit rien, si ce n'est qu'il desire
Que Peau d'Asne lui fasse un gâteau de sa main;
Et la Mere ne sçait ce que son Fils veut dire;
　　　O Ciel! Madame, lui dit-on,
　　Cette Peau d'Asne est une noire Taupe
　　　Plus vilaine encore & plus gaupe
　　　Que le plus sale Marmiton.
N'importe, dit la Reyne, il le faut satisfaire,
Et c'est à cela seul que nous devons songer;
Il auroit eu de l'or, tant l'aimoit cette Mere,
　　　S'il en avoit voulu manger.

　　　Peau d'Asne donc prend sa farine
　　Qu'elle avoit fait blutter exprés,

H

Pour rendre sa pâte plus fine,
Son sel, son beurre & ses œufs frais,
Et pour bien faire sa galette
S'enferme seule en sa chambrette.

D'abord elle se decrassa
Les mains, les bras & le visage,
Et prit un corps d'argent que vîte elle laça
Pour dignement faire l'ouvrage,
Qu'aussi-tôt elle commença.

On dit qu'en travaillant un peu trop à la hâte,
De son doigt par hazard il tomba dans la pâte
Un de ses anneaux de grand prix,
Mais ceux qu'on tient sçavoir le fin de cette histoire
Asseurent que par elle exprés il y fut mis ;
Et pour moi franchement, je l'oserois bien croire,
Fort seur que quand le Prince à sa porte aborda
Et par le trou la regarda,
Elle s'en étoit apperçûë.
Sur ce point la Femme est si druë,
Et son œil va si promptement
Qu'on ne peut la voir un moment,
Qu'elle ne sçache qu'on l'a veüe.
Je suis bien seur encore, et j'en ferois serment
Qu'elle ne douta point que de son jeune Amant
La Bague ne fût bien receuë.

On ne pêtrit jamais un si friand morceau,
Et le Prince trouva la galette si bonne

Qu'il ne s'en fallut rien que d'une faim gloutonne
    Il n'avalât aussi l'anneau.
  Quand il en vit l'émeraude admirable,
    Et du jonc d'or le cercle étroit,
    Qui marquoit la forme du doigt,
Son cœur en fut touché d'une joye incroyable ;
  Sous son chevet il le mit à l'instant
    Et son mal toujours augmentant
  Les Medecins sages d'experience,
  En le voyant maigrir de jour en jour
  Jugerent tous par leur grande science
    Qu'il étoit malade d'amour.

    Comme l'Hymen, quelque mal qu'on en die,
Est un remede exquis pour cette maladie,
    On conclut à le marier ;
    Il s'en fit quelque tems prier,
Puis dit, je le veux bien, pourvû que l'on me donne
    En mariage la personne
    Pour qui cet anneau sera bon ;
    A cette bijare demande
De la Reine & du Roi la surprise fut grande,
Mais il étoit si mal qu'on n'osa dire non.
    Voilà donc qu'on se met en quête
De celle que l'anneau, sans nul égard du sang,
    Doit placer dans un si haut rang,
    Il n'en est point qui ne s'apprête
    A venir presenter son doigt
    Ni qui veüille ceder son droit.

Le bruit ayant couru que pour prétendre au Prince,
  Il faut avoir le doigt bien mince,
  Tout Charlatan, pour être bien venu,
Dit qu'il a le secret de le rendre menu,
  L'une en suivant son bizare caprice
   Bomme une rave le ratisse,
   L'autre en couppe un petit morceau,
Une autre en le pressant croit qu'elle l'appetisse,
   Et l'autre avec de certaine eau
Pour le rendre moins gros en fait tomber la peau ;
   Il n'est enfin point de manœuvre
   Qu'une Dame ne mette en œuvre,
Pour faire que son doigt quadre bien à l'anneau.

L'essai fut commencé par les jeunes Princesses
   Les Marquises & les Duchesses,
   Mais leurs doigts quoi que delicats
   Estoient trop gros & n'entroient pas.
   Les Comtesses & les Baronnes,
   Et toutes les nobles Personnes,
Comme elles tour à tour presenterent leur main
   Et la presenterent en vain.

   Ensuite vinrent les Grisettes,
   Dont les jolis & menus doigts,
   Car il en est de tres-bien faites,
Semblerent à l'anneau s'ajuster quelquefois
Mais la Bague toujours trop petite ou trop ronde
D'un dedain presque égal rebuttoit tout le monde.

Il fallut en venir enfin
Aux Servantes, aux Cuisinieres,
Aux Tortillons, aux Dindonnieres ;
En un mot à tout le fretin,
Dont les rouges & noires pattes,
Non moins que les mains delicates
Esperoient un heureux destin.
Il s'y presenta mainte fille
Dont le doigt gros & ramassé,
Dans la Bague du Prince eût aussi peu passé
Qu'un cable au travers d'une aiguille.
On crut enfin que c'étoit fait,
Car il ne restoit en effet,
Que la pauvre Peau d'Asne au fond de la cuisine,
Mais comment croire, disoit-on,
Qu'à regner le Ciel la destine,
Le Prince dit, & pourquoi non ?
Qu'on la fasse venir. Chacun se prît à rire
Criant tout haut que veut-on dire,
De faire entrer ici cette sale guenon
Mais lorsqu'elle tira de dessous sa peau noire
Une petite main qui sembloit de l'yvoire,
Qu'un peu de pourpre a coloré,
Et que de la bague fatale,
D'une justesse sans égale
Son petit doigt fut entouré,
La Cour fut dans une surprise
Qui ne peut pas être comprise.

On la menoit au Roi dans ce transport subit,
Mais elle demanda qu'avant que de paraître
  Devant son Seigneur & son Maître
On lui donnât le temps de prendre un autre habit
 De cet habit, pour la verité dire,
 De tous côtez on s'apprétoit à rire,
Mais lorsqu'elle arriva dans les Appartemens
  Et qu'elle eut traversé les salles
  Avec ses pompeux vêtemens
Dont les riches beautez n'eurent jamais d'égales,
  Que ses aimables cheveux blonds
Mêlez de diamans dont la vive lumiere
  En faisoit autant de rayons,
  Que ses yeux bleus, grands, doux & longs,
  Qui pleins d'une Majesté fiere
Ne regardent jamais sans plaire & sans blesser,
Et que sa taille enfin si menüe & si fine
Qu'avecque ses deux mains on eût pu l'embrasser,
Montrerent leurs appas & leur grace divine ;
Des Dames de la Cour, & de leurs ornemens
  Tomberent tous les agrémens.

Dans la joye & le bruit de toute l'Assemblée,
  Le bon Roi ne se sentoit pas
 De voir sa Bru posseder tant d'appas,
  La Reyne en étoit affolée,
  Et le Prince son cher Amant,
  De cent plaisirs l'ame comblée
Succomboit sous le poids de son ravissement.

Pour l'Hymen aussitôt chacun prit ses mesures,
Le Monarque en pria tous les Rois d'alentour,
  Qui tous brillans de diverses parures
Quitterent leurs Etats pour être à ce-grand jour
On en vit arriver des climats de l'Aurore,
   Montez sur de grands Elephans,
   Il en vint du rivage More,
   Qui plus noirs & plus laids encore,
   Faisoient peur aux petits enfans ;
   Enfin de tous les coins du Monde,
  Il en debarque & la Cour en abonde.

   Mais nul Prince, nul Potentat,
   N'y parut avec tant d'éclat
   Que le Pere de l'Epousée,
   Qui d'elle autrefois amoureux
  Avoit avec le temps purifié les feux
   Dont son ame étoit embrasée,
Il en avoit banni tout desir criminel
   Et de cette odieuse flamme
   Le peu qui restoit dans son ame
N'en rendoit que plus vif son amour paternel.
  Dés qu'il la vit, que benit soit le Ciel
   Qui veut bien que je te revoye,
Ma chere enfant, dit-il, &, tout pleurant de joye
   Courut tendrement l'embrasser ;
Chacun à son bonheur voulut s'interesser,
Et le futur Espoux étoit ravi d'apprendre
Que d'un Roi si puissant il devenoit le Gendre.

Dans ce moment la Maraine arriva
   Qui raconta toute l'histoire,
   Et par son recit acheva
   De combler Peau d'Asne de gloire.

   Il n'est pas malaisé de voir
Que le but de ce conte est qu'un Enfant apprenne
Qu'il vaut mieux s'exposer à la plus rude peine
   Que de manquer à son devoir.

  Que la Vertu peut être infortunée
   Mais qu'elle est toujours couronnée.

Que contre un fol amour & ses fougueux transports
La Raison la plus forte est une foible digue,
   Et qu'il n'est point de si riches thresors
   Dont un Amant ne soit prodigue.

   Que de l'eau claire & du pain bis
   Suffisent pour la nourriture
   De toute jeune Creature,
   Pourvu qu'elle ait de beaux habits.

  Que sous le Ciel il n'est point de femelle
   Qui ne s'imagine être belle,
   Et qui souvent ne s'imagine encor
Que si des trois Beautez la fameuse querelle,
   S'étoit demêlée avec elle
   Elle auroit eu la pomme d'or.

Le Conte de Peau d'Asne est difficile à croire,
Mais tant que dans le Monde on aura des Enfans,
        Des Meres & des Meres-grands,
    On en gardera la memoire.

LES SOUHAITS RIDICULES.

CONTE.

A MADEMOISELLE DE LA C.

Par Mr. Perrault, de l'Academie Françoise.

———————

SI vous étiez moins raisonnable,
  Je me garderois bien de venir vous conter
    La folle & peu galante Fable,
    Que je m'en vais vous debiter.
Une aune de Boudin en fournit la matiere.
    Une aune de Boudin, ma chere :
    Quelle pitié ! c'est une horreur,
    S'écrieroit une Pretieuse,
    Qui toujours tendre & serieuse,
Ne veut ouir parler que d'affaires de cœur.

*

    Mais vous, qui mieux qu'autre qui vive,
    Sçavez charmer en racontant,
Et dont l'expression est toujours si naïve,
    Que l'on croit voir ce qu'on entend,
    Qui sçavez que c'est la maniere
    Dont quelque chose est inventé,

Qui beaucoup plus que la matiere,
De tout recit fait la beauté,
Vous aimerez ma Fable & sa moralité ;
J'en ai, j'ose le dire, une assurance entiere.

*

Il étoit une fois un pauvre Bucheron,
     Qui las de sa penible vie,
     Avoit, disoit-il, grande envie
De s'aller reposer aux bords de l'Acheron,
   Representant dans sa douleur profonde,
     Que depuis qu'il étoit au monde,
     Le Ciel cruel n'avoit jamais
Voulu remplir un seul de ses souhaits.

*

Un jour que dans le bois il se mit à se plaindre,
A lui la foudre en main Jupiter s'apparut.
     On auroit peine à bien dépeindre
     La peur que le bonhomme en eut.
Je ne veux rien, dit-il, en se jettant par terre,
     Point de souhaits, point de Tonnerre,
     Seigneur, demeurons but à but.
     Cesse d'avoir aucune crainte,
Je viens, dit Jupiter, touché de ta complainte,
   Te faire voir le tort que tu me fais.
     Ecoute donc, je te promets,
Moi qui du monde entier suis le Souverain Maître,
D'exaucer pleinnement les trois premiers souhaits
Que tu voudras former sur quoi que ce puisse être
     Voi ce qui peut te rendre heureux,

Voi ce qui peut te satisfaire,
Et comme ton bonheur dépend tout de tes vœux,
Songes y bien avant que de les faire.

*

A ces mots Jupiter dans les Cieux remonta,
Et le gay Bucheron embrassant sa falourde,
Pour retourner chez lui sur son dos la jetta.
Cette charge jamais ne lui parut moins lourde,
Il ne faut pas, disoit-il en trottant,
Dans tout ceci rien faire à la legere
Il faut, le cas est important,
En prendre avis de nôtre Menagere,
C'a, dit-il en entrant sous son toit de feugere,
Faisons, Fanchon, grand feu, grand'chere,
Nous sommes riches desormais,
Et nous n'avons qu'à faire des souhaits.
Là dessus fort au long tout se fait il lui conte.
A ce recit, l'Epouse vive & prompte,
Forma dans son esprit mille vastes projets,
Mais considerant l'importance
De s'y conduire avec prudence,
Blaise, mon cher Ami, dit-elle à son Epoux,
Ne gâtons rien par nôtre impatience,
Examinons bien entre nous
Ce qu'il faut faire en pareille occurrence.
Remettons à demain notre premier souhait,
Et consultons nôtre chevet.
Je l'entens bien ainsi, dit le bonhomme Blaise,
Mais va tirer du vin derriere ces fagots.

A son retour il but, &, goûtant à son aise
     Pres d'un grand feu la douceur du repos,
Il dit, en s'appuyant sur le dos de sa chaise,
Pendant que nous avons une si bonne braise,
Une aune de Boudin viendroit bien à propos.
A peine acheva-t-il de prononcer ces mots,
Que sa Femme apperceut, grandement étonnée,
          Un Boudin fort long, qui partant
          D'un des coins de la cheminée,
          S'approchoit d'elle en serpentant.
          Elle fit un cri dans l'instant,
          Mais jugeant que cette avanture
          Avoit pour cause le souhait
          Que par bêtise toute pure
          Son homme imprudent avoit fait,
          Il n'est point de pouille, ni d'injure,
          Que de depit & de couroux
          Elle ne dît a son Epoux.

                    *

Quand on peut, disoit-elle, obtenir un Empire,
          De l'or, des Perles, des Rubis,
          Des Diamans, de beaux Habits,
Est-ce alors du Boudin qu'il faut que l'on desire ?
Eh bien, j'ai tort, dit-il, j'ai mal placé mon choix.
          J'ai commis une faute énorme,
          Je ferai mieux une autrefois.
Bon, bon, dit-elle, attendez-moi sous l'orme.
Pour faire un tel souhait, il faut être bien Bœuf.
L'Epoux plus d'une fois emporté de colere

Pensa faire tout bas le souhait d'être Veuf,
Et peut-être entre nous ne pouvoit-il mieux faire.
Les hommes, disoit-il, pour souffrir sont bien nez.
Peste soit du Boudin, & du Boudin encore.
    Plût à Dieu, maudite Pecore,
    Qu'il te pendît au bout du nez !

       *

La Priere aussitôt du Ciel fut écoutée,
Et dés que le Mari la parole lâcha
    Au nez de l'Epouse irritée
    L'Aune de Boudin s'attacha.
Ce prodige impréveu grandement le fâcha.
La Femme étoit jolie, elle avoit bonne grace,
Et pour dire sans fard la verité du fait,
    Cet ornement en cette place
    Ne faisoit pas un bon effet,
Si ce n'est qu'en pendant sur le bas du visage
Et lui fermant la bouche à tout moment
    Il l'empéchoit de parler aisément,
    Pour un Epoux merveilleux avantage.
Je pourrois bien, disoit-il à part soi
Pour me dédommager d'un malheur si funeste,
    Avec le souhait qui me reste
    Tout d'un plein saut me faire Roi,
Rien n'égale, il est vrai, la grandeur Souveraine,
    Mais encore faut-il songer
    Comment seroit faite la Reine,
Et dans quelle douleur ce seroit la plonger,
    De l'aller placer sur un Trone

Avec un nez plus long qu'une aune.
Il faut l'écouter sur cela ;
Et qu'elle même elle soit la Maîtresse
De devenir une grande Princesse,
En conservant l'horrible nez qu'elle a,
Ou de demeurer Bucheronne,
Avec un nez comme une autre personne,
Et tel qu'elle l'avoit avant ce malheur-là.

*

La chose bien examinée,
Quoi qu'elle sçeût d'un Sceptre & le prix & l'effet,
Et que quand on est couronnée
On a toujours le nez bien fait,
Comme au desir de plaire il n'est rien qui ne cede,
Elle aima mieux garder son Bavolet,
Que d'être Reine & d'être laide.
Ainsi le Bucheron ne changea point d'état ;
Il ne devint point Potentat,
D'écus il n'emplit point sa Bourse,
Trop heureux d'employer le souhait qui restoit,
Fraîle bonheur, pauvre ressource,
A remettre sa Femme en l'état qu'elle étoit ;
Tant il est vrai qu'aux hommes miserables,
Aveugles, imprudens, inquiéts, variables,
Pas n'appartient de faire des souhaits,
Et que peu d'entre eux sont capables
De bien user des dons que le Ciel leur a faits.

GRISELIDIS.

NOUVELLE.

PAR MR. PERRAULT, DE L'ACADEMIE FRANÇOISE.

A MADEMOISELLE * * *

EN vous offrant, jeune & sage Beauté
  Ce modele de patience,
  Je ne me suis jamais flatté
Que par vous de tout point il seroit imité
  C'en seroit trop en conscience.

  Mais Paris où l'homme est poli,
  Où le beau sexe né pour plaire
  Trouve son bonheur accompli,
  De tous côtez est si rempli
  D'Exemples du vice contraire,
  Qu'on ne peut en toute saison
  Pour s'en garder ou s'en défaire,
  Avoir trop de contrepoison.

  Une Dame aussi patiente
Que celle dont ici je reléve le prix,
  Seroit par tout une chose étonnante.
  Mais ce seroit un prodige à Paris.

I

Les femmes y sont souveraines,
Tout s'y regle selon leurs vœux,
Enfin c'est un climat heureux
Qui n'est habité que de Reines.

Ainsi je voi que de toutes façons,
Griselidis y sera peu prisée,
Et qu'elle y donnera matiere de risée,
Par ses trop antiques leçons.

Ce n'est pas que la patience
Ne soit une vertu des Dames de Paris,
Mais, par un long usage elles ont la science
De la faire exercer par leurs propres Maris.

AU pié des celebres Montagnes
    Où le Pô s'échappant de dessous ses roseaux,
Va dans le sein des prochaines Campagnes,
        Promener ses naissantes eaux,
        Vivoit un jeune et & vaillant Prince,
        Les delices de sa Province.
Le Ciel en le formant, sur lui tout à la fois,
        Versa ce qu'il a de plus rare,
Ce qu'entre ses Amis d'ordinaire il separe,
        Et qu'il ne donne qu'aux grands Rois.

Comblé de tous les dons & du corps & de l'Ame,
Il fut robuste, adroit, propre au métier de Mars.

Et par l'instinct secret d'une divine flâme,
 Avec ardeur il aima les beaux arts.
Il aima les combats, il aima la Victoire,
 Les grands projets, les actes Valeureux,
Et tout ce qui fait vivre un beau nom dans l'Histoire ;
 Mais son cœur tendre & genereux
Fut encor plus sensible à la solide gloire
 De rendre ses peuples heureux.
 Ce temperament Héroïque
 Fut obscurci d'une sombre vapeur
 Qui chagrine & melancolique,
 Lui faisoit voir dans le fond de son Cœur,
 Tout le beau sexe infidelle & trompeur.
Dans la femme, où brilloit le plus rare merite,
 Il voyoit une ame hipocrite,
 Un Esprit d'orgueïl enivré,
Un cruel ennemi qui sans cesse n'aspire
 Qu'à prendre un souverain Empire
Sur l'Homme malheureux qui lui sera livré.

 Le frequent usage du Monde,
Où l'on ne voit qu'Epoux subjuguez ou trahis,
 Joint à l'air jaloux du Païs,
 Accrut encor cette haine profonde.
 Il jura donc plus d'une fois
Que quand même le Ciel pour lui plein de tendresse,
 Formeroit une autre Lucrece,
Jamais de l'himenée il ne suivroit les Loix.

Ainsi, quand le matin, qu'il donnoit aux affaires,
   Il avoit reglé sagement
   Toutes les choses necessaires
   Au bonheur du Gouvernement,
Que du foible orphelin, de la veuve oppressée,
   Il avoit conservé les droits,
Ou banni quelque impôt qu'une guerre forcée
   Avoit introduit autrefois ;
   L'autre moitié de la journée
   A la Chasse étoit destinée,
   Ou les Sangliers & les Ours,
   Malgré leur fureur & leurs Armes
   Lui donnoient encor moins d'allarmes
Que le sexe charmant qu'il évitoit toujours.

Cependant ses sujets que leur interét presse
   De s'asseurer d'un Successeur
Qui les gouverne un jour avec même douceur,
A leur donner un fils le convioient sans cesse.

Un jour dans le Palais ils vinrent tous en corps
   Pour faire leurs derniers efforts ;
  Un Orateur d'une grave apparence,
   Et le meilleur qui fût alors,
Dit tout ce qu'on peut dire en pareille occurrence
   Il marqua leur desir pressant
De voir sortir du Prince une heureuse Lignée
Qui rendit à jamais leur Etat florissant,
   Il lui dit même en finissant
   Qu'il voyoit un astre naissant

Issu de son chaste hymenée
Qui faisoit pâlir le croissant.

D'un ton plus simple & d'une voix moins forte
Le Prince à ses sujets repondit de la sorte.

Le zele ardent, dont je voi qu'en ce jour
Vous me portez aux nœuds du mariage,
Me fait plaisir, & m'est de vôtre Amour
        Un agreable témoignage ;
        J'en suis sensiblement touché,
Et voudrois dés demain pouvoir vous satisfaire
    Mais a mon sens l'Hymen est une affaire
Où plus l'homme est prudent, plus il est empêché.
    Observez bien toutes les jeunes filles ;
    Tant qu'elles sont au sein de leurs familles
        Ce n'est que vertu, que bonté,
        Que pudeur, que sincerité ;
        Mais sitôt que le mariage
        Au deguisement a mis fin,
        Et qu'ayant fixé leur destin
        Il n'importe plus d'être sage,
        Elles quittent leur personnage,
        Non sans avoir beaucoup pati,
        Et chacune dans son ménage
        Selon son gré prend son parti.

L'une d'humeur chagrine, & que rien ne recrée,
        Devient une devote outrée,

Qui crie & gronde à tous momens,
L'autre se façonne en Coquette,
Qui sans cesse écoute ou caquette,
Et n'a jamais assez d'Amans ;
Celle ci des beaux arts follement curieuse,
De tout décide avec hauteur,
Et critiquant le plus habile autheur,
Prend la forme de Precieuse ;
Cette autre s'erige en joüeuse,
Perd tout, argent, bijoux, bagues, meubles de prix,
Et même jusqu'à ses habits.
Dans la diversité des routes qu'elles tiennent
Il n'est qu'une chose où je voi
Qu'enfin toutes elles conviennent,
C'est de vouloir donner la Loi.

Or je suis convaincu que dans le mariage
On ne peut jamais vivre heureux,
Quand on y commande tous deux.
Si donc vous souhaittez qu'à l'Himen je m'engage,
Cherchez une jeune Beauté
Sans orgueil & sans vanité,
D'une obeïssance achevée,
D'une patience éprouvée,
Et qui n'ait point de volonté,
Je la prendrai quand vous l'aurez trouvée.

Le prince, ayant mis fin à ce discours moral,
Monte brusquement à cheval,

Et court joindre à perte d'haleine
Sa meutte qui l'attend au milieu de la plaine.

Aprés avoir passé des prés & des guerets,
Il trouve ses chasseurs couchez sur l'herbe verte
Tous se levent, & tous alerte,
Font trembler de leurs cors les hôtes des forêts.
Des chiens courans, l'abboyante famille,
Deçà, de là, parmi le chaume brille,
Et les Limiers à l'œil ardent
Qui du fort de la bête à leur poste reviennent,
Entraînent en les regardant
Les forts valets qui les retiennent.

S'étant instruit par un des siens
Si tout est prêt, si l'on est sur la trace
Il ordonne aussitôt qu'on commence là chasse,
Et fait donner le Cerf aux chiens.
Le son des cors qui retentissent,
Le bruit des chevaux qui hennissent
Et des chiens animez les pénétrans abois,
Remplissent la fôret de tumulte & de trouble,
Et pendant que l'echo sans cesse les redouble,
S'enfonçent avec eux dans les·plus creux du bois.

Le Prince par hasard ou par sa destinée,
Prit une route détournée
Où nul des chasseurs ne le suit ;
Plus il court, plus il s'en sépare :

Enfin, à tel point il s'egare,
Que des chiens & des cors il n'entend plus le bruit.

L'Endroit où le mena sa bijarre avanture,
   Clair de ruisseaux & sombre de verdure,
Saisissoit les Esprits d'une secrette horreur;
      La simple & naïve nature
   S'y faisoit voir & si belle & si pure,
   Que mille fois il benit son erreur.

      Rempli des douces rêveries
Qu'inspirent les grands bois, les eaux & les prairies,
Il sent soudain frapper & son cœur & ses yeux
      Par l'objet le plus agreable,
      Le plus doux & le plus aimable
      Qu'il eut jamais vu sous les Cieux.
      C'étoit une jeune Bergere
      Qui filoit aux bords d'un ruisseau,
      Et qui conduisant son troupeau,
      D'une main sage & menagere
      Tournoit son agile fuzeau.
Elle auroit pû dompter les cœurs les plus sauvages;
      Des Lys, son teint a la blancheur,
      Et sa naturelle fraîcheur
S'étoit toûjours sauvée à l'ombre des boccages:
Sa bouche, de l'enfance avoit tout l'agrément,
Et ses yeux qu'adoucit une brune paupiere,
      Plus bleus que n'est le firmament,
      Avoient aussi plus de lumiere.

Le Prince, avec transport, dans le bois se glissant,
Contemple les beautez dont son Ame est émeüe,
  Mais le bruit qu'il fait en passant
De la belle sur lui fit détourner la veüe ;
  Des qu'elle se vit apperçüe,
D'un brillant incarnat la prompte & vive ardeur,
  De son beau teint redoubla la splendeur,
  Et sur son visage épandeüe,
  Y fit triompher la pudeur.

Sous le voile innocent de cette honte aimable,
Le Prince découvrit une simplicité,
  Une douceur, une sincerité,
  Dont il croyoit le beau sexe incapable,
  Et qu'il voyait dans toute leur beauté.

Saisi d'une frayeur pour lui toute nouvelle,
Il s'approche interdit, & plus timide qu'elle,
  Lui dit d'une tremblante voix,
Que de tous ses veneurs il a perdu la trace,
  Et lui demande si la chasse
  N'a point passé quelque part dans le bois.
Rien n'a paru, Seigneur, dans cette solitude,
Dit-elle, & nul ici que vous seul n'est venu ;
  Mais n'ayez point d'inquiétude,
Je remettrai vos pas sur un chemin connu.

  De mon heureuse destinée
Je ne puis, lui dit-il, trop rendre grace aux Dieux,

Depuis long-tems je frequente ces lieux,
Mais j'avois ignoré jusqu'à cette journée
    Ce qu'ils ont de plus precieux.

Dans ce tems elle voit que le Prince se baisse
    Sur le moitte bord du ruisseau,
  Pour étancher dans le cours de son eau
    La soif ardente qui le presse ;
    Seigneur, attendez un moment,
    Dit-elle, & courant promptement
Vers sa cabane, elle y prend une tasse,
    Qu'avec joye & de bonne grace,
Elle presente à ce nouvel Amant.

Les vases precieux de cristal & d'agathe
    Où l'or en mille endroits éclatte,
Et qu'un art curieux avec soin façonna :
N'eurent jamais pour lui, dans leur pompe inutile,
   Tant de beauté que le vase d'argile
    Que la Bergere lui donna.

Cependant pour trouver une route facile,
    Qui mene le Prince à la Ville,
Ils traversent des bois, des rochers escarpez
    Et de torrents entrecoupez,
Le Prince n'entre point dans de route nouvelle
Sans en bien observer, tous les lieux d'alentour ;
    Et son ingénieux Amour
      Qui songeoit au retour
    En fit une carte ·fidelle.

Dans un boccage sombre & frais
Enfin la Bergere le meine,
Où, de dessous ses branchages épais
Il voit au loin dans le sein de la plaine
Les toits dorez de son riche Palais.

S'étant separé de la Belle,
Touché d'une vive douleur,
A pas lents il s'éloigne d'elle
Chargé du trait qui lui perce le cœur.
Le souvenir de sa tendre avanture,
Avec plaisir le conduisit chez lui,
Mais dés le lendemain il sentit sa blessure,
Et se vit accablé de tristesse & d'ennui.

Dés qu'il le peut il retourne à la chasse,
Où de sa suite adroitement
Il s'échappe & se débarrasse
Pour s'égarer heureusement.
Des arbres & des monts les cimes élevées,
Qu'avec grand soin il avoit observées,
Et les avis secrets de son fidelle amour,
Le guiderent si bien que malgré les traverses,
De cent routes diverses,
De sa jeune Bergere il trouva le séjour.
Il sçut qu'elle n'a plus que son pere avec elle,
Que Griselidis on l'appelle,
Qu'ils vivent doucement du lait de leurs brebis,
Et que de leur toison qu'elle seule elle file,

Sans avoir recours à la Ville,
Ils font eux-mêmes leurs habits.

Plus il la voit plus il s'enflâme
Des vives beautez de son ame.
Il connoit en voyant tant de dons précieux,
    Que si sa Bergere est si belle,
    C'est qu'une legere étincelle,
De l'esprit qui l'anime a passé dans ses yeux.

Il ressent une joye extréme,
D'avoir si bien placé ses premieres amours,
Ainsi sans plus tarder, il fit dés le jour même
Assembler son Conseil & lui tint ce discours.

    Enfin aux Loix de l'hyménée
Suivant vos vœux je me vais engager,
Je ne prens point ma femme en païs étranger,
Je la prends parmi vous, belle, sage, bien née,
Ainsi que mes ayeux ont fait plus d'une fois,
    Mais j'attendrai cette grande journée
    A vous informer de mon choix.

    Dés que la nouvelle fut sçüe,
    Partout elle fut répanduë.
On ne peut dire avec combien d'ardeur
    L'allegresse publique
    De tous côtez s'explique ;
    Le plus content fût l'Orateur,

Qui par son discours pathetique
Croyoit d'un si grand bien être l'unique Auteur,
Qu'il se trouvoit homme de consequence !
Rien ne peut resister à la grande éloquence,
Disoit-il sans cesse en son cœur.

Le plaisir fut de voir le travail inutile,
Des Belles de toute la Ville
Pour s'attirer & mériter le choix
Du Prince leur Seigneur, q'un air chaste & modeste,
Charmoit uniquement & plus que tout le reste,
Ainsi qu'il l'avoit dit cent fois.

D'habit & de maintien toutes elles changerent,
D'un ton devot elles tousserent,
Elles radoucirent leurs voix,
De demi pied les coëffures baisserent,
La gorge se couvrit, les manches s'allongerent,
A peine on leur voyoit le petit bout des doigts.

Dans la Ville avec diligence,
Pour l'hymen dont le jour s'avance,
On voit travailler tous les arts,
Ici se font de magnifiques chars
D'une forme toute nouvelle,
Si beaux & si bien inventez,
Que l'or qui par tout étincelle,
En fait la moindre des beautez.

Là, pour voir aisément & sans aucun obstacle,

Toute la pompe du spectacle,
On dresse de longs échaffaux,
Ici de grands Arcs triomphaux,
Où du Prince guerrier se celebre la gloire,
Et de l'amour sur lui l'éclatante victoire..

Là sont forgez d'un art industrieux,
Ces feux qui par les coups d'un innocent Tonnerre,
En effrayant la Terre,
De mille astres nouveaux embellissent les Cieux.

Là d'un ballet ingenieux
Se concerte avec soin l'agreable folie,
Et là d'un Opéra peuplé de mille dieux,
Le plus beau que jamais ait produit l'Italie,
On entend repeter les Airs melodieux.

Enfin, du fameux hymené,
Arriva la grande journée.

Sur le fond d'un Ciel vif & pur,
A peine l'Aurore vermeille,
Confondoit l'or avec l'azur,
Que par tout en sursaut le beau sexe s'eveille ;
Le peuple curieux s'épand de tous côtez,
En differens endroits des Guardes sont postez,
Pour contenir la populace,
Et la contraindre à faire place.
Tout le Palais retentit de clairons,

De flutes, de hautbois, de rustiques musettes,
    Et l'on n'entend aux environs
    Que des tambours & des trompettes.
Enfin le Prince sort entouré de sa Cour,
    Il s'éleve un long cri de joye,
Mais on est bien surpris quand au premier détour,
De la forêt prochaine on voit qu'il prend la voye,
    Ainsi qu'il faisoit chaque jour.
    Voilà, dit-on, son penchant qui l'emporte,
Et de ses passions, en dépit de l'amour,
    La Chasse est toûjours la plus forte.

    Il traverse rapidement
Les guerets de la plaine, & gagnant la montagne,
Il entre dans le bois au grand étonnement
    De la Troupe qui l'accompagne.
Après avoir passé par différens détours,
Que son cœur amoureux se plaît à reconnaître,
    Il trouve enfin la cabane champêtre
    Où logent ses tendres amours.

    Griselidis de l'hymen informée,
    Par la voix de la Renommée,
    En avoit pris son bel habillement ;
Et pour en aller voir la pompe magnifique
    De dessous sa case rustique
    Sortoit en ce même moment.

    Où courez-vous, si prompte & si legere ?

Lui dit le prince en l'abordant,
Cessez de vous hâter, trop aimable Bergere,
La Nopce où vous allez, & dont je suis l'Epoux,
  Ne saurait se faire sans vous.

  Oüi, je vous aime, & je vous ai choisie
    Entre mille jeunes beautez
Pour passer avec vous le reste de ma vie,
 Si toutefois mes vœux ne sont pas rejettez.

Ah ! dit-elle, Seigneur, je n'ai garde de croire
Que je sois destinée à ce comble de gloire,
    Vous cherchez à vous divertir.
    Non, non, dit-il, je suis sincere,
    J'ai deja pour moi vôtre Pere.
(Le Prince avoit eu soin de l'en faire avertir)
    Daignez Bergere y consentir,
    C'est-là tout ce qui reste à faire.
Mais afin qu'entre nous une solide paix
    Eternellement se maintienne,
Il faudroit me jurer que vous n'aurez jamais
    D'autre volonté que la mienne.

Je le jure, dit-elle, & je vous le promets ;
Si j'avois épouzé le moindre du Village,
    J'obeïrois, son joug me seroit doux,
    Hélas ! combien donc davantage,
    Si je viens à trouver en vous,
    Et mon Seigneur et mon Epoux.

Ainsi le Prince se déclare,
Et pendant que la Cour applaudit à son choix,
Il porte la Bergere à souffrir qu'on la pare
Des ornemens qu'on donne aux Epouzes des Rois.
Celles qu'à cet emploi leur devoir interesse,
Entrent dans la Cabane, & là diligemment
Mettent tout leur savoir & toute leur adresse
A donner de la grace à chaque ajustement.

Dans cette hutte où l'on se presse,
Les Dames admirent sans cesse
Avec quel art la pauvreté
S'y cache sous la propreté ;
Et cette rustique Cabane,
Que couvre & refraichit un spacieux Platane,
Leur semble un séjour enchanté.

Enfin, de ce Reduit sort pompeuse & brillante
La Bergere Charmante,
Ce ne sont qu'applaudissemens
Sur sa beauté, sur ses habillemens ;
Mais sous cette pompe étrangere,
Déja plus d'une fois le Prince a regretté
Des ornemens de la Bergere
L'innocente simplicité.

Sur un grand char d'or & d'Ivoire
La Bergere s'assied pleine de Majesté,
Le Prince y monte avec fierté,
Et ne trouve pas moins de gloire

K

A se voir comme Amant assis à son côté,
Qu'à marcher en triomphe aprés une victoire ;
     La Cour les suit & tous gardent le rang
Que leur donne leur charge ou l'éclat de leur sang.

La Ville dans les champs presque toute sortie
          Couvroit les plaines d'alentour,
          Et du choix du Prince avertie,
Avec impatience attendoit son retour,
Il paroit, on le joint.   Parmi l'épaisse foule
Du peuple qui se fend le char à peine roule ;
Par les longs cris de joye à tout coup redoublez,
          Les chevaux émûs et troublez,
          Se cabrent, trepignent, s'élancent
          Et reculent plus qu'ils n'avancent.

          Dans le Temple on arrive enfin,
          Et là par la chaîne éternelle
          D'une promesse solennelle,
     Les deux Epoux unissent leur destin :
          Ensuite au Palais ils se rendent,
          Où mille plaisirs les attendent,
Où la Danse, les Yeux, les Courses, les Tournois
Repandent l'allegresse en differens endroits ;
          Sur le soir le blond hymenée,
De ses chastes douceurs couronna la journée.

          Le lendemain les differents Etats
               De toute la Province

Accourent haranguer la Princesse & le Prince
　　Par la voix de leurs Magistrats.

　　De ses Dames environnée,
　Griselidis, sans paroître étonnée,
　　En Princesse les entendit,
　　En Princesse leur répondit.
Elle fit toute chose avec tant de prudence,
Qu'il sembla que le Ciel eût versé ses thrésors,
　　Avec encor plus d'abondance
　　Sur son Ame que sur son corps.
　Par son Esprit, par ses vives lumières,
Du Grand monde aussitôt elle prit les maniéres,
　　Et même dés le premier jour
Des talens, de l'humeur des Dames de la Cour,
　　Elle se fit si bien instruire,
　Que son bon sens jamais embarrassé
　　Eut moins de peine à les conduire,
　　Que ses brebis du tems passé.

Avant la fin de l'an des fruits de l'hymenée,
　Le Ciel benit leur couche fortunée,
Ce ne fut point un Prince, on l'eût bien souhaitté;
Mais la jeune Princesse avoit tant de beauté,
Que l'on ne songea plus qu'à conserver sa vie;
Le Pere qui lui trouve un air doux & charmant,
　　La venoit voir de moment en moment,
　　Et la Mere encor plus ravie
　　La regardoit incessamment.

　Elle voulut la nourrir elle-même,

Ah ! dit-elle, comment m'exempter de l'emploi
   Que ses cris demandent de moi,
   Sans une ingratitude extrême ;
  Par un motif de Nature ennemi
Pourrois-je bien vouloir de mon Enfant que j'aime,
   N'être la Mere qu'à demi.
Soit que le Prince eût l'ame un peu moins enflammé
   Qu'aux premiers jours de son ardeur,
   Soit que de sa maligne humeur
   La masse se fût rallumée,
   Et de son épaisse fumée
Eût obscurci ses sens et corrompu son Cœur ;
   Dans tout ce que fait la Princesse,
Il s'imagine voir peu de sincerité,
   Sa trop grande vertu le blesse,
C'est un piege qu'on rend à sa credulité ;
Son Esprit inquiet & de trouble agité
   Croit tous les soupçons qu'il écoute,
  Et prend plaisir à revoquer en doute
   L'excez de sa felicité.

Pour guerir les chagrins dont son ame est atteinte
Il la suit, il l'observe, il aime à la troubler
   Par les ennuys de la contrainte,
   Par les alarmes de la crainte,
   Par tout ce qui peut demêler
   La verité d'avec la feinte.
  C'est trop, dit-il, me laisser endormir,
   Si ses vertus sont veritables

Les traitemens les plus insupportables,
        Ne feront que les affermir.

Dans son Palais il la tient reserrée,
Loin de tous les plaisirs qui naissent à la Cour,
Et dans sa chambre, où seule elle vit retirée,
        A peine il laisse entrer le jour.
            Persuadé que la Parure
            Et le superbe ajustement
Du sexe, que pour plaire a formé la Nature
            Est le plus doux enchantement.
            Il lui demande avec rudesse
Les Perles, les Rubis, les Bagues, les Bijoux
        Qu'il lui donna pour marque de tendresse,
Lorsque de son Amant il devint son Epoux.

            Elle dont la vie est sans tache,
            Et qui n'a jamais eu d'attache
            Qu'à s'acquiter de son devoir,
            Les lui donne sans s'émouvoir,
Et même le voyant se plaire à les reprendre,
            N'a pas moins de joye à les rendre
            Qu'elle en eût à les recevoir.

        Pour m'éprouver mon Epoux me tourmente,
Dit-elle, & je voi bien qu'il ne me fait souffrir,
Qu'afin de reveiller ma vertu languissante,
Qu'un doux & long repos pourroit faire perir.
S'il n'a pas ce dessein, du moins suis-je assurée

Que telle est du Seigneur la conduite sur moi ;
Et que de tant de maux l'ennuyeuse durée,
N'est que pour exercer ma constance & ma foi.
  Pendant que tant de malheureuses
  Errent au gré de leurs désirs ;
  Par mille routes dangereuses.
  Aprés de faux & vains plaisirs ;
Pendant que le Seigneur dans sa lente Justice
 Les laisse aller au bord du précipice
  Sans prendre part à leur danger
Par un pur mouvement de sa bonté suprême
 Il me choisit comme un enfant qu'il aime
  Et s'applique à me corriger.
Aymons donc sa rigueur utilement cruelle
 On n'est heureux qu'autant qu'on a souffert ;
  Aymons sa bonté paternelle
  Et la main dont elle se sert.

Le Prince a beau la voir obeïr sans contrainte
  A tous ses ordres absolus
Je voi le fondement de cette vertu feinte
Dit-il, & ce qui rend tous mes coups superflus,
  C'est qu'ils n'ont porté leur atteinte
 Qu'à des endroits où son Amour n'est plus.

Dans son Enfant, dans la jeune Princesse
  Elle a mis toute sa tendresse
A l'éprouver si je veux reüssir
  C'est là qu'il faut que je m'adresse,
  C'est là que je puis m'éclaircir.

Elle venait de donner la mamelle,
Au tendre objet de son Amour ardent
Qui couché sur son sein se joüoit avec elle,
Et rioit en la regardant :

Je voi que vous l'aymez, lui dit-il, cependant
Il faut que je vous l'ôte en cet âge encor tendre
Pour lui former les mœurs & pour la preserver
De certains mauvais airs qu'avec vous l'on peut pren-
[dre ;
Mon heureux sort m'a fait trouver
Une Dame d'esprit qui saura l'élever
Dans toutes les vertus & dans la politesse
Que doit avoir une Princesse.
Disposez-vous à la quitter
On va venir pour l'emporter.

Il la laisse à ces mots, n'ayant pas le courage,
Ni les yeux assez inhumains,
Pour voir arracher de ses mains
De leur Amour l'unique gage ;
Elle de mille pleurs se baigne le visage,
Et dans un morne accablement
Attend de son malheur le funeste moment.

Dés que d'une action si triste & si cruelle
Le Ministre odieux à ses yeux se montra,
Il faut obeïr lui dit-elle,
Puis prenant son Enfant qu'elle considera,

Qu'elle baisa d'une ardeur maternelle,
Qui de ses petits bras tendrement la serra,
Toute en pleurs elle le livra.
Ah ! que sa douleur fut amere !
Arracher l'Enfant ou le Cœur
Du sein d'une si tendre Mere,
C'est la même douleur.

Prés de la Ville étoit un monastere,
Fameux par son antiquité,
Où des vierges vivoient dans une regle austere,
Sous les yeux d'une Abbesse illustre en pieté.
Ce fut là que dans le silence,
Et sans déclarer sa naissance,
On déposa l'Enfant & des bagues de prix,
Sous l'espoir d'une recompense
Digne de soins que l'on en auroit pris.

Le Prince qui tâchoit d'éloigner par la Chasse
Le vif remords qui l'embarrasse
Sur l'excez de sa cruauté,
Craignoit de revoir la Princesse,
Comme on craint de revoir une fiere Tigresse
A qui son faon vient d'être ôté :
Cependant il en fut traité
Avec douceur, avec caresse,
Et même avec cette tendresse,
Qu'elle eut aux plus beaux jours de sa prosperité.

Par cette complaisance & si grande & si prompte,

Il fut touché de regret & de honte,
Mais son chagrin demeura le plus fort :
Ainsi, deux jours aprés, avec des larmes feintes,
Pour lui porter encor de plus vives atteintes,
Il lui vient dire que la mort
De leur aimable Enfant avoit fini le sort.

Le coup inopiné mortellement la blesse
Cependant malgré sa tristesse,
Ayant veu son Epoux qui changeoit de couleur,
Elle parut oublier son malheur,
Et n'avoir même de tendresse
Que pour le consoler de sa fausse douleur.

Cette bonté, cette ardeur sans égale
D'amitié conjugale,
Du Prince tout à coup désarmant la rigueur
Le touche, le pénetre, & lui change le Cœur,
Jusques-là qu'il lui prend envie
De déclarer que leur Enfant
Joüit encore de la vie :
Mais sa bile s'éleve, &, fiere lui defend
De rien découvrir du mystere
Qu'il peut-être utile de faire.

Dès ce bien heureux jour telle des deux Epoux
Fut la mutuelle tendresse,
Qu'elle n'est point plus vive aux momens les plus doux
Entre l'Amant & la Maîtresse.

Quinze fois le soleil pour former les saisons,
Habita tour à tour dans ses douze maisons,
    Sans rien voir qui les desunisse :
    Que si quelques fois par caprice
    Il prend plaisir à la facher,
    C'est seulement pour empêcher
    Que l'amour ne se ralentisse,
Tel que le forgeron qui pressant son labeur
    Repand un peu d'eau sur la braize
    De sa languissante fournaise
    Pour en redoubler la chaleur.

    Cependant la jeune Princesse.
    Croissoit en esprit, en sagesse,
  A la douceur, à la naïveté
Qu'elle tenoit de son aimable Mere,
Elle joignit de son Illustre Pere
    L'agreable et noble fierté.
L'Amas de ce qui plait dans chaque Caractère
    Fit une parfaite beauté.

    Par tout comme un Astre elle brille,
Et par hazard un Seigneur de la Cour,
Jeune, bien fait & plus beau que le jour,
    L'ayant vû paroître à la Grille,
Conçût pour elle un violent amour.
Par l'instinct qu'au beau sexe a donné la nature,
    Et que toutes les beautez ont,
    De voir l'invisible blessure

Que font leurs yeux, au moment qu'ils la font.
    La Princesse fut informée
    Qu'elle étoit tendrement aimée.
Aprés avoir quelque tems resisté,
Comme on le doit avant que de se rendre,
    D'un amour également tendre
    Elle l'aima de son côté.

    Dans cet Amant, rien n'étoit à reprendre
Il étoit beau, vaillant, né d'illustres Ayeux
    Et dés long-tems, pour en faire son Gendre
    Sur lui le Prince avoit jetté les yeux.
Ainsi donc avec joye il apprit la nouvelle,
    De l'ardeur tendre & mutuelle
    Dont bruloient ces jeunes Amans,
    Mais il lui prit une bizarre envie,
De leur faire acheter par de cruels tourmens,
    Le plus grand bonheur de leur vie.

    Je me plairai, dit-il, à les rendre contens ;
    Mais il faut que l'inquietude
    Par tout ce qu'elle a de plus rude,
    Rende encor leurs feux plus constans ;
    De mon Epouze en même tems,
    J'exercerai la patience,
    Non point comme jusqu'à ce jour,
    Pour rasseurer ma folle défiance ;
    Je ne dois plus douter de son amour :
Mais pour faire éclatter aux yeux de tout le monde,

Sa bonté, sa douceur, sa sagesse profonde ;
Afin que de ses dons si grands, si precieux,
   La terre se voyant parée,
   En soit de respect pénétrée,
Et par reconnaissance en rende grace aux Cieux.

Il déclare en public que manquant de lignée,
En qui l'Etat un jour retrouve son Seigneur,
Que la fille qu'il eut de son fol hymenée
   Etant morte aussi-tôt que née,
  Il doit ailleurs chercher plus de bonheur.
Que l'Epouze qu'il prend est d'illustre naissance,
  Qu'en un Couvent on l'a jusqu'à ce jour
   Fait élever dans l'innocence,
Et qu'il va par l'hymen couronner son amour.

  On peut juger à quel point fut cruelle
Aux deux jeunes Amans cette affreuse nouvelle ;
Ensuite sans marquer ni chagrin ni douleur,
  Il avertit son Epouze fidelle,
   Qu'il faut qu'il se separe d'elle
  Pour éviter un extreme malheur ;
Que le peuple indigné de sa basse naissance
Le force à prendre ailleurs une digne alliance,

   Il faut, dit-il, vous retirer
  Sous vôtre toit de chaume & de fougere
Aprés avoir repris vos habits de Bergere,
   Que je vous ai fait preparer.

Avec une tranquile & muëtte constance,
La Princesse entendit prononcer sa sentence ;
   Sous les dehors d'un visage serain
     Elle devoroit son chagrin,
Et sans que la douleur diminuât ses charmes,
   De ses beaux yeux tomboient de grosses larmes,
Ainsi que quelquefois au retour du Printems,
    Il fait soleil, & pleut en même tems.

Vous êtes mon Epoux, mon Seigneur, & mon Maître,
(Dit-elle en soûpirant, prête à s'évanoüir,)
Et quelque affreux que soit ce que je viens d'ouïr,
     Je saurai vous faire connoître
Que rien ne m'est si cher que de vous obeir.

Dans sa chambre aussi-tôt seule elle se retire
Et là se dépoüillant de ses riches habits,
   Elle reprend paisible & sans rien dire,
    Pendant que son cœur en soûpire,
   Ceux qu'elle avoit en gardant ses Brebis.
    En cet humble & simple équipage,
Elle aborde le Prince & lui tient ce langage.

    Je ne puis m'éloigner de vous
  Sans le pardon d'avoir sû vous déplaire,
  Je puis souffrir le poids de ma misere,
Mais je ne puis, Seigneur, souffrir votre courroux.
Accordez cette grace à mon regret sincere,
Et je vivrai contente en mon triste séjour,

Sans que jamais le tems altere
Ni mon humble respect, ni mon fidelle amour.
Tant de soumission, & tant de grandeur d'ame
  Sous un si vil habillement,
Qui dans le cœur du Prince en ce même moment
Raveilla tous les traits de sa premiere flâme,
Alloient casser l'arrêt de son bannissement.
  Emû par de si puissants charmes,
  Et prêt à repandre des larmes,
  Il commençoit à s'avancer,
   Pour l'embrasser.

 Quand tout à coup l'imperieuse gloire,
  D'être ferme en son sentiment
Sur son amour remporta la victoire,
Et le fit en ces mots répondre durement.

De tout le temps passé j'ai perdu la mémoire,
 Je suis content de vôtre repentir,
  Allez il est tems de partir.

Elle part aussi-tôt, & regardant son Pere,
Qu'on avoit revêtu de son rustique habit,
Et qui le cœur percé d'une douleur amere,
Pleuroit un changement si prompt & si subit.
Retournons, lui dit-elle, en nos sombres boccages,
Retournons habiter nos demeures sauvages,
Et quittons sans regret la pompe des Palais,
Nos cabanes n'ont pas tant de magnificence,

Mais on y voit régner dans l'innocence
Un plus ferme repos, une plus douce paix.

Dans son desert a grand'peine arrivée,
Elle reprend & quenoüille & fuzeaux,
Et va filer au bord des mêmes eaux
  Où le Prince l'avoit trouvée.
  Là son cœur tranquille & sans fiel,
  Cent fois le jour demande au Ciel,
Qu'il comble son Epoux de gloire, de richesses,
Et qu'à tous ses desirs il ne refuse rien.
  Un Amour nourri de caresses
  N'est pas plus ardent que le sien.

  Ce cher Epoux qu'elle regrette,
  Voulant encore l'éprouver,
  Lui fait dire dans sa retraite
  Qu'elle ait à le venir trouver.

Griselidis, dit-il, dés qu'elle se présente,
Il faut que la Princesse à qui je dois demain
  Dans le Temple donner la main,
  De vous & de moi soit contente.
Je vous demande ici tous vos soins, & je veux
Que vous m'aidiez à plaire à l'objet de mes vœux,
Vous savez de quel air il faut que l'on me serve,
  Point d'épargne, point de reserve,
Que tout sente le Prince, & le Prince amoureux.
  Employez toute votre adresse
  A parer son appartement,

Que l'abondance, la richesse,
La propreté, la politesse
S'y fasse voir également ;
Enfin songez incessamment
Que c'est une jeune Princesse
Que j'aime tendrement.

Pour vous faire entrer davantage
Dans les soins de vôtre devoir,
Je veux ici vous faire voir
Celle qu'à bien servir mon ordre vous engage.
Telle qu'aux portes du Levant
Se montre la naissante Aurore,
Telle parut en arrivant
La Princesse plus belle encore.
Griselidis à son abord
Dans le fond de son cœur sentit un doux transport
De la tendresse maternelle ;
Du tems passé, de ses jours bienheureux,
Le souvenir en son cœur se rappelle,
Helas ! ma fille, en soi-même, dit-elle,
Si le Ciel favorable eût écouté mes vœux,
Seroit presqu'aussi grande & peut-être aussi belle !

Pour la jeune Princesse en ce même moment,
Elle prit un amour si vif, si vehement,
Qu'aussi-tôt qu'elle fut absente,
En cette sorte au Prince elle parla,
Suivant sans le savoir, l'instinct qui s'en mêla.

Souffrez, Seigneur, que je vous represente,
    Que cette Princesse charmante,
    Dont vous allez être l'Epoux,
Dans l'aise, dans l'éclat, dans la pourpre nourrie,
Ne pourra supporter, sans en perdre la vie,
Les mêmes traittements que j'ai reçû de vous.
    Le besoin, ma naissance obscure,
    M'avoient endurcie aux travaux
Et je pouvois souffrir toutes sortes de maux
    Sans peine & même sans murmure ;
Mais elle qui jamais n'a connu la douleur,
    Elle mourra dés la moindre rigueur,
Dés la moindre parole un peu seche, peu dure,
    Hélas ! Seigneur, je vous conjure,
    De la traitter avec douceur.

Songez, lui dit le Prince avec un ton severe,
    A me servir selon votre pouvoir,
    Il ne faut pas qu'une simple Bergere
    Fasse des leçons, & s'ingere,
    De m'avertir de mon devoir.
Griselidis à ces mots sans rien dire,
    Baisse les yeux et se retire.

Cependant pour l'hymen les Seigneurs invitez,
    Arriverent de tous côtez,
    Dans une magnifique salle
    Où le Prince les assembla ;
Avant que d'allumer la torche nuptiale,
    En cette sorte il leur parla.

L

Rien au monde aprés l'esperance ;
N'est plus trompeur que l'apparence :
Ici l'on en peut voir un exemple éclatant,
Qui ne croiroit que ma jeune Maîtresse,
Que l'hymen va rendre Princesse,
Ne soit heureuse & n'ait le cœur content ?
Il n'en est rien pourtant.

Qui pourroit s'empêcher de croirė,
Que ce jeune Guerrier amoureux de la gloire,
N'aime à voir cet hymen, lui qui dans les Tournois
Va sur tous ses Rivaux remporter la victoire,
Cela n'est pas vrai toutefois.

Qui ne croiroit encor qu'en sa juste colere,
Griselidis ne pleure & ne se desespere ?
Elle ne se plaint point, elle consent à tout,
Et rien n'a pû pousser sa patience à bout.

Qui ne croiroit enfin que de ma destinée,
Rien ne peut égaler la course fortunée,
En voyant les appas de l'objet de mes vœux ?
Cependant si l'hymen me lioit de ses nœuds,
J'en concevrois une douleur profonde,
Et de tous les Princes du monde,
Je serois le plus malheureux.

L'énigme vous paroît difficile à comprendre,
Deux mots vont vous la faire entendre,

Et ces deux mots feront évanoüir
Tous les malheurs que vous venez d'oüir.

Sachez, poursuivit-il, que l'aimable personne
   Que vous croyez m'avoir blessé le cœur,
      Est ma fille, & que je la donne
      Pour femme à ce jeune Seigneur,
      Qui l'aime d'un amour extréme,
      Et dont il est aimé de même.

   Sachez encor, que touché vivement
      De la patience & du zèle
      De l'Epouze sage & fidelle
      Que j'ai chassée indignement,
Je la reprens, afin que je repare,
Par tout ce que l'amour peut avoir de plus doux,
      Le traittement dur & barbare
   Qu'elle a reçû de mon esprit jaloux.
      Plus grande sera mon étude,
      A prevenir tous ses desirs
   Qu'elle ne fut dans mon inquietude,
      A l'accabler de déplaisirs ;
Et si dans tous les tems doit vivre la mémoire
Des ennuis dont son cœur ne fut point abattu,
Je veux que plus encore on parle de la gloire,
Dont j'aurai couronné sa suprême vertu.

    Comme quand un épais nuage.
     A le jour obscurci,

Et que le Ciel de toutes parts noirci,
　　Menace d'un affreux orage ;
Si de ce voile obscur par les vents écarté,
　　Un brillant rayon de clarté,
　　Se repand sur le Païsage,
　　Tout rit & reprend sa beauté,
Telle dans tous les yeux où régnoit la tristesse
Eclatte tout à coup une vive allegresse.

　　Par ce prompt éclaircissement
　　La jeune Princesse ravie
D'apprendre que du Prince elle a reçû la vie,
Se jette à ses genoux qu'elle embrasse ardemment,
Son pere qu'attendrit une fille si chere,
La releve, la baise, & la meine à sa mere,
A qui trop de plaisir en un même moment,
　　Otoit presque tout sentiment.
　　Son cœur qui tant de fois en proye
　　Aux plus cuisans traits du malheur,
　　Supporta si bien la douleur,
　　Succombe au doux poids de la joye ;
A peine de ses bras pouvoit-elle serrer
　　L'aimable Enfant que le Ciel lui renvoye,
　　Elle ne pouvoit que pleurer.

Assez dans d'autres tems vous pourrez satisfaire,
　　Lui dit le Prince, aux tendresses du sang,
Reprenez les habits qu'exige votre rang,
　　Nous avons des nopces à faire.

Au Temple on conduisit les deux jeunes Amans,
  Où la mutuelle promesse
  De se cherir avec tendresse,
Affermit pour jamais leurs doux engagemens,
Ce ne sont que plaisirs, que Tournois magnifiques,
  Que jeux, que dances, que musiques,
  Et que Festins delicieux,
Où sur Griselidis se tournent tous les yeux,
  Où sa patience éprouvée,
  Jusques au Ciel est élevée,
  Par mille éloges glorieux :
Des peuples réjoüis la complaisance est telle,
  Pour leur Prince capricieux ;
Qu'ils vont jusqu'à loüer son épreuve cruelle,
  A qui d'une vertu si belle,
Si seante au beau sexe, & si rare en tous lieux,
  On doit un si parfait modele.

A MONSIEUR ***

EN LUI ENVOYANT

GRISELIDIS.

SI je m'étois rendu à tous les differens avis qui m'ont été donnez sur l'ouvrage que je vous envoye, il n'y seroit rien demeuré que le Conte tout sec & tout uni, & en ce cas j'aurois mieux fait de n'y pas toucher & de le laisser dans son papier bleu, où il est depuis tant d'années. Je le lûs d'abord à deux de mes amis. Pourquoi, dit l'un, s'étendre si fort sur le caractere de vôtre Héros, qu'a-t-on affaire de savoir ce qu'il faisoit le matin dans son conseil, & moins encore à quoi il se divertissoit l'aprésdînée.

Tout cela est bon à retrancher. Otez-moi, je vous prie, dit l'autre, la réponse enjoüée qu'il fait aux Deputes de son peuple, qui le pressent de se marier; elle ne convient point à une Prince grave & serieux : vous voulez bien encore, poursuivit-il, que je vous conseille de supprimer la longue description de vôtre chasse? Qu'importe tout cela au fond de votre histoire? Croyez-moi ce sont de vains & ambitieux ornemens qui apauvrissent vôtre Poëme au lieu de l'enrichir. Il en est de même ajoûta-t-il, des préparatifs qu'on fait pour le mariage du Prince, tout cela est oiseux, & inutile. Pour vos Dames qui rabaissent

leurs coëffures, qui couvrent leurs gorges, & qui allongent
leurs manches, froide plaisanterie ! Aussi bien que celle
de l'Orateur qui s'applaudit de son éloquence : je demande
encore, reprit celui qui avoit parlé le premier, que vous
ôtiez les reflexions Chrêtiennes de Griselidis, qui dit, que
c'est Dieu qui veut l'éprouver, c'est un sermon hors de sa
place. Je ne saurois encore souffrir les inhumanitez de
vôtre Prince, elles me mettent en colere, je les suppri-
merois. Il est vrai qu'elles sont de l'histoire ; mais il
n'importe. J'ôterois encor l'Episode du jeune Seigneur
qui n'est là que pour épouzer la jeune Princesse, cela
allonge trop vôtre Conte ; Mais lui dis-je, le Conte
finiroit mal sans cela. Je ne saurois que vous dire,
répondit-il, je ne laisserois pas que de l'ôter.

A quelques jours de là je fis la même lecture à deux
autres de mes amis, qui ne me dirent pas un seul mot sur
les endroits dont je viens de parler, mais qui en reprirent
quantité d'autres. Bien loin de me plaindre de la rigueur
de vôtre Critique, leur dis-je, je me plains de ce qu'elle
n'est pas assez severe, vous m'avez passé une infinité
d'endroits que l'on trouve tres dignes de censure. Comme
quoi, dirent-ils ? On trouve leur dis-je, que le caractère
du Prince est trop étendu, & qu'on n'a que faire de savoir
ce qu'il faisoit le matin & encore moins l'aprésdînée. On
se moque de vous, dirent-ils tous deux ensemble, quand on
vous fait de semblables critiques. On blâme, poursuivis-je,
la réponse que fait le Prince à ceux qui le pressent de se
marier, comme trop enjoüée & indigne d'un Prince grave
& sérieux. Bon, reprit l'un d'eux, & où est l'inconve-

nient qu'un jeune prince d'Italie, païs où l'on est accoûtumé
à voir les hommes les plus graves & les plus élevez en
dignité dire des plaisanteries, & qui d'ailleurs fait profession de mal parler, & des femmes & du mariage, matieres
si sujettes à la raillerie, se soit un peu réjoüi sur cet
article.   Quoi qu'il en soit je vous demande grace pour
cet endroit comme pour celui de l'Orateur qui croyoit
avoir converti le Prince, & pour le rabaissement des
coëffures ;   car ceux qui n'ont pas aimé la réponce enjouée
du Prince ont bien la mine d'avoir fait main basse sur ces
deux endroits-là.   Vous l'avez deviné, lui dis-je.   Mais
d'un autre côté, ceux qui n'aiment que les choses plaisantes
n'ont pû souffrir les reflexions Chrétiennes de la Princesse,
qui dit que c'est Dieu qui la veut éprouver.   Ils preten-
dent que c'est un sermon hors de propos.   Hors de propos ?
reprit l'autre ;   non seulement ces reflexions sont necessaires au sujet :   mais elles y sont absolument necessaires.
Vous aviez besoin de rendre croyable la patience de vôtre
Héroïne, & quel autre moyen aviez-vous que de lui faire
regarder les mauvais traitemens de son Epoux comme
venans de la main de Dieu ? Sans cela on la prendroit
pour la plus stupide de toutes les femmes, ce qui ne feroit
pas assurement un bon effet.

On blâme encore leur dis-je l'Episode du jeune Seigneur qui épouse la jeune Princesse.   On a tort reprit-il,
comme vôtre ouvrage est un veritable Poëme, quoique
vous lui donniez le titre de nouvelle, il faut qu'il n'y ait
rien à desirer quand il finit.   Cependant si la jeune
Princesse s'en retournoit dans son Couvent sans être

mariée aprés s'y être attenduë, elle ne seroit point contente, ni ceux qui liroient la nouvelle :

Ensuite de cette conference, j'ai pris le parti de laisser
mon ouvrage tel à peu prés qu'il a été lû dans l'Academie.
En un mot j'ai eu soin de corriger les choses qu'on m'a
fait voir être mauvaises en elles-mêmes ; mais à l'égard de
celles que j'ai trouvé n'avoir point d'autre défaut que de
n'être pas au goût de quelques personnes peut-être un peu
trop delicates, j'ai crû n'y devoir pas toucher.

> *Est-ce une raison décisive*
> *D'ôter un bon mets d'un repas,*
> *Parce qu'il s'y trouve un convive*
> *Qui par malheur ne l'aime pas ?*
> *Il faut que tout le monde vive,*
> *Et que les mets, pour plaire à tous,*
> *Soient differens comme les goûts.*

Quoi qu'il en soit, j'ai crû devoir m'en remettre au
public, qui juge toûjours bien. J'apprendrai de lui ce que
j'en dois croire, & je suivrai exactement tous ses avis, s'il
m'arrive jamais de faire une seconde édition de cet ouvrage.

FINIS.

www.ingramcontent.com/pod-product-compliance
Lightning Source LLC
Chambersburg PA
CBHW020349030726
47496CB00007B/2065